GUNNAR HOMANN
ALL EXCLUSIVE

GUNNAR HOMANN
ALL EXCLUSIVE

EIN UNTERWEGSROMAN

Erste Auflage 2011
© 2011 DuMont Buchverlag, Köln
Alle Rechte vorbehalten
Umschlag: Zero, München
Satz: Fagott, Ffm
Gesetzt aus der Neutra Display und der Candida
Gedruckt auf säurefreiem und chlorfrei gebleichtem Papier
Druck und Verarbeitung: CPI – Clausen & Bosse, Leck
Printed in Germany
ISBN 978-3-8321-9586-1

www.dumont-buchverlag.de

ALL EXCLUSIVE

EINIGE TAGE IM LEBEN VON SERGEANT HOOKS

Irgendwo über dem Atlantik begreife ich, dass ich jetzt tatsächlich unterwegs bin und alles neu und offen vor mir liegt. Eine Mischung aus Aufregung und Unbehagen erfasst mich, und als abends New York unter uns flimmert und größer und immer größer wird, schlägt mein Herz laut und lauter. Das Flugzeug setzt sauber auf, ein paar Reihen weiter hinten klatscht jemand zaghaft.

In meiner Jacke steckt ein Greyhound-Ticket nach Charlotte, North Carolina; der Bus wird um Mitternacht fahren. Charlotte liegt etwa achthundert Kilometer südwestlich von New York. Es hat sich harmlos angehört, zu Hause, als ich im Atlas blätterte, nach Tabakfeldern und Langsamkeit, auf der Suche nach einem guten Ort zum Lostrampen nach Kalifornien. Auf welchem Weg ich an die Westküste komme, ist mir gleich, solange er nicht über Florida führt. Florida, so kann man ein Stieleis nennen, aber keine Gegend, die von Interesse sein soll. Ich will auch nicht zum Grand Canyon oder in den Yellowstone-Nationalpark oder ins Monument Valley. Solche Orte steuert man nicht direkt an. Der Zufall führt einen hin. Schöne Orte direkt ansteuern, so gehen alte Leute vor. Und Pornographen.

Der Immigration Officer lässt mich ohne Beanstandungen in sein Land. Ich habe diesen Mann gefürchtet, denn er besitzt die Macht, Reisende wieder nach Hause zu schicken. Aber der Officer kümmert sich nicht um mich. Vielleicht hat er dem Einreisefragebogen entnommen, dass ich weder einer kommunistischen Partei angehöre (nun ja), noch mit Drogen handele (nun ja) oder an Tuberkulose leide, und er findet mich langweilig (das tue ich ja selbst manchmal).

Ich muss mit dem Bus zum Port Authority Terminal, denn dort fahren die Überlandbusse ab. Der Fahrer schmeißt meinen Seesack ins Gepäckfach; er beschwert sich, weil ich ihm das Fahrgeld nicht passend gebe. In der Ferne leuchtet das Empire State Building in der Dunkelheit, und ich denke: »Oh, das Empire State Building.«

Port Authority Terminal ist ein hektischer Ort. Er quillt über von Leuten, die ihren Weg in dem Gewirr ineinander verschachtelter Rolltreppen und Gänge genau zu kennen scheinen. Ich suche einen Schalter, an dem man mir sagen kann, wo mein Bus abfährt, aber so weit ich auch durch die von Neonlicht beschienenen Gänge irre, ich finde keinen. Ein Rastafarier im Trenchcoat läuft an mir vorbei, lässt seine Hosenträger schnappen und ruft: »Strange place, eh?«

Es ist Steig Nummer 211, tief in der Gruft von Port Authority. Ich gehe überpünktlich hinunter und sehe eine beinahe leere Reihe von Plastikschalensitzen unter fadenscheinigem Licht. Eine einzige Person sitzt dort, eine alte Lady, die ihre Beine streckt, mit den Füßen wackelt und ihre rosa lackierten Nägel betrachtet. »Hm, hm, hm«, brummelt sie. Kurz vor Mitternacht wird es voller auf dem Steig, und der Bus füllt sich zu etwa zwei Dritteln.

Der Fahrer hat den Zündschlüssel schon herumgedreht, als einer der Passagiere »Stopp!« ruft, es wolle noch jemand mit. Herein kommt ein schwarzer Athlet in dunkelblauem Samtanzug. Auf dem Kopf trägt er ein rotes Barett und über dem Arm einen Trenchcoat. Sein Gepäck besteht aus einem schwarzen, kompakten Koffer mit silbernen Beschlägen, einer Kiste mit Henkel sozusagen. Der Mann wirkt schnell und geschmeidig, und er geht sehr aufrecht, als wolle er sagen: »Seht her, man muss nicht ewig auf Busse warten. So wie ich es mache, geht's besser.« Es gibt noch einige leere Reihen, aber er fragt mich höflich, ob der Sitz neben mir frei ist, und ich bejahe. Der Fahrer wartet, bis der Mann sich sortiert hat, dann fährt er uns hinaus aus New York und hinein nach Amerika.

Ich will schlafen, aber ich schlafe nicht, sondern starre nach draußen, wo es außer Dunkelheit nicht viel zu sehen gibt. Der Mann mit dem Barett starrt auf die Kopfstütze seines Vordermannes. Etwa auf der Höhe von West Virginia beginne ich, auf meinem Sitz herumzurutschen, weil es unbequem wird. Mein Nachbar räuspert sich und fragt, wohin ich fahre. »Nach Charlotte, North Carolina, aber nur als Startpunkt«, sage ich und erkläre ihm, dass ich nach Kalifornien will. Das lässt er gelten. Nach Kalifornien wollen, das scheint in den USA als Tätigkeit durchzugehen.

»Wie lange hast du Zeit?«

»Solange ich Geld habe.«

Ich habe sechshundert Dollar in der Tasche und in der Neunten mal eine Eins in Latein gehabt. Das müsste als Qualifikation reichen, um nach Kalifornien zu kommen. Zurück will ich nicht. Nicht, wenn es sich vermeiden lässt. Das Retourticket habe ich nur gekauft, weil die USA es für die Einreise verlangen. Ich hege den Verdacht, dass Leute, die Retourtickets nutzen, mit vierzig plötzlich »irgendwas mit den Händen« machen müssen oder in Tanzkursen gesellschaftlichen Selbstmord begehen. Ich will es einmal besser haben. Irgendwo dort draußen sitzt ein Drummer, der einen anderen Rhythmus schlägt, einen geileren, besseren, schnelleren.

»Was arbeitest du?«, fragt mein neuer Bekannter.

»Ich bin privat.«

»Das ist praktisch.«

Er befindet sich auf dem Weg zu seiner Schwester Alicia, die in einem Ort namens Narrowbrooks im Bundesstaat Mississippi wohnt, wo er seinen Heimaturlaub verbringen wird. Sein Name ist James Bedillion Hooks, und er führt den Rang eines Sergeants der US-Armee. »Viktor«, sage ich.

Wie sich herausstellt, dient der Sergeant in Deutschland nur ein paar Kilometer von Grabstetten entfernt, jenem Ort, dem ich entflohen bin. Ich habe mich oft gefragt, was jemand in früheren Leben getan haben muss, dass er gezwungen wird, sein Dasein an Orten wie Grabstetten zu fristen. Kein Krieg, saubere Sanitäranlagen, Lebensmittel aller Art in kürzester Zeit verfügbar – vielleicht hat er ein Altersheim gegründet. Alles, was es in Grabstetten gibt, ist ein Ortseingang, ein Ortsausgang und dazwischen ein Kilometer Einfamilienhäuser. Die Äcker der Rheinebene säumen den Ort an allen vier Seiten. Im Sommer liegt der Dunst auf ihnen und im Winter der Trübsinn. Die Einzigen, die von allem unberührt scheinen, sind die Bussarde, die hoch oben ihre Kreise ziehen und sich durch helle Schreie verständigen.

Der Bus schnurrt beruhigend. Ich bin gerade dabei, einzuschlafen, da richtet der Sergeant wieder das Wort an mich.

»Darf ich dich mal was fragen, Viktor?«

Ich bejahe, wenn auch mit einem unguten Gefühl.

»Hast du schon mal eine Frau bei einem Verkehrsunfall kennengelernt?«

»Nein, aber du, oder?«

»Allerdings. Und ich sage dir, sie ist wirklich eine *special lady*.«

»Und du hast sie bei einem Verkehrsunfall kennengelernt?«

»Genau. Sie ist mir reingefahren, und du kannst mir glauben, dass ich ziemlich mitgenommen war. Ich musste mich in ein Café einladen lassen.«

»Habt ihr, ich meine …?«

»Noch nicht. Aber das wird. Sie kommt übermorgen in die USA.«

»Wegen dir?«

»Nicht direkt. Sie ist eine ehrgeizige junge Dame, die Soziologie studiert. Für ihre Abschlussarbeit bereist sie die USA und will Leute mit einem Fragebogen befragen.«

»Und was hat das mit dir zu tun?«

»Ich weiß es nicht genau. Aber als sie mitbekommen hat, dass ich Heimaturlaub in Mississippi mache, ist sie hellhörig geworden. Sie wird es weit bringen. Und du? Bist du versorgt? Ich meine, hast du ein Mädchen?«

»Nein.«

»Also kein Mädchen.« Hooks murmelt es, als fülle er ein Formular mit der Überschrift »unhaltbare Zustände« aus.

»Was machen Soldaten auf Heimaturlaub?«

»Ein bisschen Party. Morgen geht es los. Da findet in Narrowbrooks der große Ball statt, und ich will auf keinen Fall dabei fehlen. Mehr schöne Frauen auf einem Fleck wirst du in dieser Nacht in ganz Mississippi nicht finden. Kommst du mit?«

Ich schlage ein. Ich bin vielleicht kein Soziologe, aber wann hat man schon die Gelegenheit, ein paar Tage im Leben von James Bedillion Hooks zu erleben? Und in Richtung Kalifornien liegt Mississippi ja auch.

Wir fahren die ganze Nacht und den ganzen nächsten Tag. Im goldenen Morgenlicht sehe ich Farmen zwischen saftigen Hügeln; ihre weiß gestrichenen Zäune zeichnen die Wellen des Landes nach. Mittags brennt die Sonne auf Tabakfelder, die bis zum Horizont reichen, und nachmittags senkt sie sich auf die gewaltigen Baumwollfelder von Mississippi. Jedes Bild ist ausschließlich: Wenn es Weiden zu sehen gibt, dann nur Weiden, wenn Tabak, dann nur Tabak, wenn Baumwolle, dann nur Baumwolle. Leute gibt es dort draußen nur in Autos, aber einmal fährt der Bus parallel zu einer Bahnlinie, und ich sehe einen Jungen in einem grünen T-Shirt, der auf den Gleisen balanciert und Steine in die flimmernde Luft wirft. Ich muss an Raimund denken und die Bahnlinie zu Hause, an der wir oft entlanggegangen sind. Zwei Jahre ist es her, dass ich bei Raimund eingezogen bin. Er hat das Haus von seinem Fabrikantenvater bekommen, und über uns wohnt eine schwerhörige alte Dame, das ist sehr gut eingerichtet. Der einzige Fehler des Hauses ist, dass es in Grabstetten steht.

Raimund gehört zu den wenigen, mit denen man es auf dem Land aushalten kann. Er ist in der Regel unglücklich verliebt, was sich recht gut mit meinem Fernweh verträgt. Einmal haben wir einen ganzen Herbst damit verbracht, über die Felder zu ziehen und mit Silvesterkrachern vom Vorjahr Stinkmorcheln in die Luft zu jagen.

Die Bahnlinie verschwindet schnurgerade in der Unendlichkeit. Dies ist nicht das Amerika der großen Sehenswürdigkeiten. Dies ist das unbekannte Amerika, und der Himmel spannt sich weit und hoch darüber. Ich frage mich, wie ich mich je mit weniger habe zufrieden geben können.

Die Sonne steht schon schräg über dem Land. Der Bus hält vor einem verstaubten Gebäude im Nirgendwo, einem flachen Zweckbau, dem man mit Hilfe einer Reihe gotisch zulaufender Fenster etwas Glanz zu verleihen versucht hat. Er ist über Meilen hinweg das einzige Gebäude an der Schotterstraße, die sich notdürftig asphaltiert zwischen Maisfeldern nach Westen zieht. Die Blätter rascheln, als der Bus weiterfährt. Er verschwindet schnell außer Hörweite, aber das Abendlicht beleuchtet seine Staubfahne, bis er am Horizont verschwindet. Niemand außer uns ist ausgestiegen. Es riecht nach Süden, Wärme umschmeichelt mich, Grillen zirpen. »Grillen«, sage ich.

»Ja, Grillen«, sagt der Sergeant geistesabwesend. Er klaubt einen Berg von 25-Cent-Münzen aus seinem Portemonnaie und drückt die Schwingtür zur Station auf. Drinnen ist es kühl. Im Halbdunkel erkenne ich Reihen hölzerner Sitzbänke, die mit ihren Lehnen Rücken an Rücken stehen. Hooks schreitet zielsicher auf eine von zwei Telefonzellen in der Seitenwand zu; er müsse noch mit seinem »Verkehrsunfall« telefonieren. Nach fünf Minuten kommt er wieder heraus, seine Augen leuchten.

»Und, wie sieht es aus?«

»Sie kommt schon morgen. Landet in Atlanta und fährt dann mit dem Leihwagen.«

»Eine Studentin, die sich einen Leihwagen leisten kann?«

»Ich sage doch, dass sie eine *special lady* ist.«

Der Sergeant führt mich auf einem schmalen Lehmpfad durch Schilfröhricht und Brennnesseln, und die ganze Zeit über trägt er seinen Illusionistenkoffer in den Armen. Moskitos umsirren uns, hier und da liegt ein Autowrack im Gestrüpp, Frösche quaken. Dann öffnet sich der Pfad plötzlich zu einer Siedlung aus dunkelbraunen Backsteinhäusern, die mit ihren Flachdächern wie Schuhkartons aussehen. Breite Lehmwege verlaufen zwischen ihnen, das einzige bisschen Asphalt hat man in einen hochumzäunten Basketballplatz investiert, auf dem ein paar Youngster das letzte Licht nutzen. So wie es aussieht, bin ich der einzige Weiße hier.

Hooks federt durch die Siedlung. Mütter und Kinder und Väter sitzen auf den beiden Treppenstufen, die zu jedem Hauseingang gehören. Überall, wo wir entlangkommen, bildet sich eine Menschentraube um den Sergeant, wie bei einem Popstar. »Whassup?«, fragen die Leute, und ihre Zähne und Augen leuchten im Dunkeln. »Whassup?«, fragt Hooks, schlägt in Hände ein, verteilt Wangenküsse und stellt mich als einen Freund aus Germany vor. Frauen beäugen mich, einige der Männer wollen wissen, woher genau aus Deutschland ich komme. »Du weißt doch sowieso nicht, wo das ist, wenn er's dir sagt«, entgegnet Hooks dann, und alles geht in Gelächter auf.

Hooks' Schwester Alicia scheint nicht darüber informiert zu sein, dass oder wenigstens wann ihr Bruder seinen Heimaturlaub bei ihr verbringen will: Sie ist nicht zu Hause. Der Sergeant zuckt mit den Schultern. »Egal«, sagt er. »Lass uns zu Diane und Dave gehen.«

Diane und Dave sind ein dickes, gutgelauntes Paar, das nur mit Mühe auf sein braunes Knautschledersofa passt. Die beiden schauen einen Boxkampf im Fernsehen und trinken Bier. Es riecht streng nach Chlor bei ihnen. Wände, Decke und Boden ihres kleinen Wohnzimmers schimmern in einem fahlen Ölgrün, das mich an Krankenhäuser erinnert.

Dave bringt uns ein Bier, und kaum dass wir sitzen, klatscht Diane in die Hände: »Wie wär's mit einer Partie Strip-Poker, Jungs?«

Der Sergeant rettet uns, indem er blitzschnell das Gespräch auf seinen Buick bringt, den er für die Dauer seiner Zeit in Deutschland an unsere Gastgeber verliehen hat. »Alles in bester Ordnung«, sagt Dave. »Willst du ihn gleich sehen?« Ich bejahe.

Der Buick Regal des Sergeants strahlt hell unter dem Mond von Mississippi. Blitzsauber sticht er aus einer Reihe von alten Autos, die lose über einen Platz am Rand der Siedlung verteilt stehen. Hooks reibt sich die Hände. »Wir fahren jetzt zu meinem Granddad«, ordnet er an. »Ich ziehe mich nur noch schnell um.« Umziehen dauert bei mir zwei Minuten, weswegen ich mir nicht die Mühe mache, Hooks zu Diane und Dave zu folgen, sondern mich an den Buick lehne und in den Sternenhimmel schaue. Eine halbe Stunde später stolziert der Sergeant mit seinem Koffer in den Armen auf den Platz. Mir fällt auf, dass er seine Füße sehr weit auswärts setzt, was die Wirkung seines aufrechten Gangs noch verstärkt. Er trägt einen weißen Anzug, dazu eine rote Krawatte. Passend dazu sein rotes Barett, das in keckem Winkel auf seinem Kopf sitzt. Hooks senkt die Kiste sanft in den Kofferraum ab. »Ferien«, sagt er. Und wir steigen ein.

Hooks' Weihnachtsbaum am Rückspiegel, Duftnote Pfefferminz, kommt kaum ins Schaukeln, so effizient bügelt der Kreuzer die Unebenheiten des Hinterlands von Mississippi glatt. Der Sergeant schweigt. Er scheint nicht zu den Leuten zu gehören, die verlegen werden, wenn es mal eine Weile nichts zu erzählen gibt. Ich öffne mein Fenster, lausche dem Knirschen des Rollsplitts und schaue in die mondbeschienenen Wälder. Vor zwei Tagen noch saß ich mit hustenden Schichtarbeitern in einem Bummelzug, und jetzt lehne ich schon eine Partie Strip-Poker ab und fahre durch Huckleberry-Finn-Wälder. Aber hier bin ich, wie der Amerikaner sagt.

Der Sergeant stoppt den Wagen vor einem blättrigweißen Holzhaus auf einer Lichtung. Bevor er aussteigt, rückt er das Revers seines weißen Jacketts und sein Barett zurecht.

Die Treppe zur Veranda knarrt. Neben der Tür sitzt ein breitschultriger alter Mann in einem Schaukelstuhl. Er trägt ein kariertes Hemd, hat sich eine Decke über die Beine gelegt und raucht einen Spliff. Aus dem Radio auf dem Fensterbrett dringt die Stimme eines Predigers. »Vernunft ist nur die Hälfte«, bollert er. Ich hätte gerne noch gehört, wovon, aber Hooks stellt uns vor: »Das ist mein Granddad, und dies hier ist ein Freund aus Deutschland.«

»Whassup?«, fragt Granddad.

»Whassup?«, frage ich.

Granddad mustert Hooks. »Siehst gut aus. Hältst nach Frauen Ausschau?«

»Yep«, sagt Hooks.

Und dann fahren wir anderthalb Stunden wieder zurück.

Hooks' Schwester Alicia ist eine füllige Frau mit energischen Gesten. Sie öffnet die Tür mit einem vor den Mund gehaltenen Zeigefinger. »Sie schlafen alle«, flüstert sie und deutet ins obere Stockwerk. Dann umarmt sie Hooks, und er erklärt, wer ich bin. Alicia betrachtet mich. »Aus Deutschland, ja? Hast du Hunger? Es ist noch Hühnchen da.«

Als Schlafplatz überlässt sie mir das Sofa im Erdgeschoss. Es ist mit einem Plastikschoner überzogen, genau wie der Lampenschirm der Stehlampe. Wie bei Diane und Dave riecht es nach Putzmittel mit viel Chlor, und mit diesem Geruch in der Nase schlafe ich ein.

Ich hatte vergessen, dass sie kommen würde. Jetzt sitzt sie schon am Küchentisch. Sie trägt ihre Rabenhaare hochgesteckt zu einer von diesen Klammerkonstruktionen und einen kurzen Karorock, aus dem ein Paar königlicher Beine schaut. Ihren Trolley hat sie in der Ecke abgestellt, obenauf liegt eine lederne Aktenmappe. Sie redet, deutet auf einen Papierstapel auf dem Tisch, Hooks nickt. Eine Schnepfe, denke ich, aber eine sehr gutaussehende Schnepfe. Dreiundzwanzig, vielleicht vierundzwanzig. Und schreibt schon ihren Magister. Ich bin nur zwei oder drei Jahre jünger als dieses Fräuleinwunder, und mir ist längst wieder entfallen, für welches Fach ich mich einmal immatrikulieren wollte.

Sie macht auf Ivy League, ich trage Shorts und ein T-Shirt und stehe ungeduscht und barfuß in der Küche. Hooks stellt uns einander vor: »Casbah, das ist Viktor Hoffmann, ein Landsmann von dir, den ich im Bus getroffen habe. Er ist auf dem Weg nach Kalifornien. Viktor, das ist Casbah Feininger. Sie schreibt ihre Arbeit über ...«

»... das Lebensplanungsverhalten der US-amerikanischen Unterschicht.«

Und da ist dir der Nigger Hooks gerade recht gekommen, denke ich. Casbah Feininger! Was für ein außerordentlich bescheuerter Name.

»Du bist auf Reisen?«, fragt sie, *very matter-of-factly.*

»Ja.«

»*Wohin* reist du?«

»Von New York nach San Francisco, wie der alte Kerouac. Kennst du Kerouac?« Es ist eine Testfrage. Nach meinen Erhebungen kennt höchstens eine von zwanzig Kerouac.

»Der alte Beatnik, oder? Du magst ihn?«

Kerouac habe die großartige Gabe besessen, so etwas wie einen Alltag nicht zu akzeptieren, höre ich mich sagen.

»Und das bedeutet? Trampen, billige Busse, ein bisschen Gras rauchen, existentielle Langeweile?«

»Und das bedeutet? Trampen, billige Busse, ein bisschen Gras rauchen, existentielle Langeweile?«, äffe ich sie nach.

»Weißt du nicht, was es bedeutet, Viktor?«

Wie sie das sagt: Viktor! Ich hasse es, wenn mich jemand bei meinem Vornamen beschwört. »Es geht um Ekstase. Um Ekstase, Sex und Selbstauflösung. Ich will Staubfahnen auf endlosen Highways. Ich will Wahnsinnige kennenlernen und Astrophysiker, ich will den Ozean. Und eventuell finde ich in Kalifornien sogar diesen merkwürdigen Sinn des Lebens, das machen dort ja alle.«

»Kann man davon leben?«

»Ich schreibe eine Reportage.« Das ist mir neu. Aber es hört sich gut an.

»Worüber?«

»Über das andere Amerika, das, von dem man sonst nicht in den Zeitungen liest.« Was rede ich? Ich will keine Reportage schreiben. Ich will nach Kalifornien, einfach so, ohne irgendetwas, *all exclusive*.

»Ich fahre nach Kalifornien. Wenn du etwas Zeit für Zwischenstationen hast, könnte ich dich mitnehmen. Für wen schreibst du denn?«

»Die Rundschau. Wahrscheinlich die Rundschau.«

Ich habe keine Ahnung, was für eine verdammte Rundschau ich meine. Vermutlich die Frankfurter Rundschau.

»Du hast keinen Auftrag?«

»Ist das ein Verhör?«

»Nein, aber ich könnte dir vielleicht helfen. Mein Vater kennt jemanden bei der Rundschau.«

»Danke, ich überleg's mir. Und jetzt entschuldigt mich bitte, ich habe zu tun.«

»Keinen Kaffee?«, fragt Hooks.

»Nachher. Ich muss etwas fotografieren, das Licht ist gerade gut.«

Die Soziologin schaut aus dem Fenster. »Es ist gerade recht diesig draußen. Das liegt am Mittagslicht. Die Fotografen, die ich kenne, fotografieren morgens oder abends, wenn die Schatten schräg stehen, dann wird es am schönsten.«

Ich deute eine Verneigung an. »Es ist nicht die Schönheit, die ich suche, Mylady.«

»Das hätte ich von einem Mann in Shorts auch nicht erwartet.«

»War mir eine Ehre.« Und draußen bin ich.

»Vergiss nicht den Ball heute Abend!« ruft der Sergeant mir hinterher.

Er wird sich an dieser Frau Feininger die Zähne ausbeißen, da bin ich mir sicher. Sie wird ihm ihre Fragebögen in die Hand drücken, er wird mit den Leuten reden und die Arbeit für sie machen, und sie wird trotzdem nicht mit ihm ins Bett gehen.

Ich nutze die Zeit, um mit der Kamera die Armut Mississippis zu dokumentieren. Teilnehmende Beobachtung nennt man so etwas. Ich bin nicht mit dem Leihwagen hier. Ich bin selbst Underdog. Ich setze mich den Verhältnissen aus und vollziehe am eigenen Leib nach, wie es ist, Unterschicht zu sein. Die feine Frau Feininger aber missbraucht die Unterprivilegierten skrupellos für ihre Karriere.

Das aufregende Gefühl durchflutet mich, bald ein bekannter Journalist zu sein, der mit seinen Bildern aufrüttelt und anklagt und doch in allem noch die Würde sieht. Oder soll ich gleich Schriftsteller werden? Ich sehe mich in einem hellgestrichenen Holzhaus in einem Dorf am Pazifik. Ich harke in meiner Freizeit den Garten, wo ich auch schreibe. Ich schreibe grundsätzlich nackt, und nackt gehe ich auch zum Surfen. Stundenlang und bis ins hohe Alter reite ich die Wellen des Ozeans, immer mit demselben Strohhut. In meinen letzten Lebensjahren lebe ich makrobiotisch und beginne zu malen, kraftvoll und naiv, und ich sterbe mit den Worten: »Hätt' ich besser mal gleich mit dem Malen angefangen.« Meine Manuskripte werden gestohlen; sie tauchen Jahre später in einer Vitrine in der Empfangshalle eines japanischen Konzerns wieder auf.

Ich fotografiere gerade einige der mannshohen Plastiktüten voller Bierdosen, die an der Seite eines Hauses lehnen, als Carla um die Ecke biegt, eine junge Frau, die gestern dabei war, als Hooks begrüßt wurde. Sie stemmt einen Arm in die linke Hüfte und ruft: »Meine Damen und Herren: The Flu. Mach ein Foto, Deutscher, damit ich berühmt werde.« Dann beginnt sie, mit der Hüfte zu wippen. Gleichzeitig hebt sie den rechten Arm an und führt kreisende Bewegungen aus, die mich entfernt ans Fensterputzen erinnern. Nach ein paar Takten tauscht sie: rechts stemmt, links putzt. Immer mehr Leute gesellen sich zu Carla: Liebespaare, kleine Kinder mit Zöpfen und viele von Carlas Freundinnen. Alle tanzen den Flu, alle rufen: »Mach noch ein Foto, Deutscher«, alle lachen. Ich sehe ein, dass ich als Reporter sozialer Missstände heute keine großen Karriereschritte machen werde, und fotografiere, bis alle durch sind. Im Hintergrund schreitet Frau Feininger mit dem Sergeant und einem Stapel Fragebögen in der Hand durchs Bild. »Wie läuft's, Wallraff?«, ruft sie mir zu. Ich sehe, wie Hooks an eines der Fliegengitter klopft. Die Tür geht auf, der Sergeant redet, sie verschwinden im Haus. Das Letzte, was ich von den beiden sehe, ist Frau Feiningers Hintern. Es ist der festeste und wohlgeformteste Hintern der nördlichen Halbkugel. Und sie weiß genau, wann sie damit wackeln muss. Der arme Idiot Hooks. Ich setze mich in den Schatten und warte. Es dauert exakt dreizehn Minuten und zwanzig Sekunden auf meiner inneren Atomuhr, bis die sogenannte Wissenschaftlerin und ihr willfähriger Assistent zum nächsten Haus ziehen. Ich gehe zurück zu Alicia und versuche zu schlafen, aber ich schaffe es nicht. Es ist zu heiß, und Frau Feiningers Hintern geht mir nicht aus dem Kopf. Wie kann solch ein Hintern zu solch einer Schnepfe gehören? Das ergibt doch keinen Sinn.

Nachmittags steht Hooks vor dem Spiegel und übt den Flu. Ich liege auf dem Sofa. »Du solltest auch üben«, ruft er. »Es kommen Ladys aus dem ganzen Umkreis, und der Flu ist *le* Tanz, Viktor.«

»Wo ist die Wissenschaftlerin?«

»Sie ist ins Motel gefahren.«

»Und, wie stehen die Aktien?«

»Heute Abend ist es so weit.«

»Habt ihr Narrowbrooks schon analysiert?«

Hooks, der die ganze Zeit die Wischbewegung geübt hat, hält inne.

»Du wirst lachen, es ist gar nicht so uninteressant.«

»Seit wann interessierst du dich denn für Soziologie? Seit du festgestellt hast, dass sie unter ihrem Fusselpullover keinen BH trägt?« Es stimmt. Frau Feininger trägt keinen BH unter ihrem hauchdünnen, weitmaschigen Wollpullover, und es braucht wenig Phantasie, um sich vorzustellen, was darunter ist.

»Liege ich richtig damit, dass du etwas gegen Casbah hast?«

»Sie ist eine Schlange. Sie nutzt euch aus hier in Narrowbrooks. Sie interessiert sich nicht für euch. Sie will Karriere machen, mein lieber Hooks.«

»Und wenn schon. Sie stellt die richtigen Fragen. Und wenn ihre Arbeit noch dazu beiträgt, dem Schulunterricht die richtige Richtung zu geben, dann verdient sie ihre Karriere.«

»Was denn für ein Schulunterricht?«

»Sie vertritt die These, dass Unterschichtangehörige zu wenig über die Zukunft nachdenken und nicht genug planen, weil es ihnen keiner beigebracht hat.«

»Sie denken nicht über die Zukunft nach, weil sie keine Chance haben und planen sich nicht lohnt.«

»Das hast du gesagt, junger Mann.«

»Fünfzig Dollar, dass du sie nicht ins Bett bekommst.«

»Ich halte dagegen. Aber nur, wenn du mir einen Vorschuss auf den Gewinn gibst. Mein Sold kommt erst morgen aufs Konto. Bis dahin brauche ich Arbeitsmittel, um eine faire Chance zu haben.«

Ich gebe ihm zwanzig Dollar.

»Krämerseele«, sagt Hooks.

Es dunkelt schon, als der Sergeant in der Nähe einer Mehrzweckhalle parkt, aus der Soulmusik quillt.

An der Straße vor dem Eingang stehen dicht an dicht Autos, aus denen ebenfalls Soulmusik quillt. Die Abendluft wiegt schwer wie Portwein, Trunkenheit liegt in der Luft. Junge Männer in glänzenden Trainingsjacken lehnen an Kotflügeln und halten nach jungen Frauen Ausschau. Familien in ihren besten Kleidern streben der Halle zu. Die Mädchen tragen Spangen in den Zöpfen, die Jungen tragen Hemden. Vor dem Eingang trifft Hooks einen Bekannten, der, wenn ich es im Lärm richtig verstanden habe, gerade aus dem Gefängnis geflohen ist. Der Sergeant stellt mich vor. Sein Bekannter lächelt freundlich und überlässt mir den Rest seines Spliffs. »Willkommen in Narrowbrooks«, sagt er und verschwindet in der Halle.

Spots tauchen den Saal in ein fahles, gedimmtes Licht. Alles ist in Bewegung: Der DJ spielt Kool & The Gang, und Narrowbrooks tanzt den Flu. Hooks stürmt die Tanzfläche und mischt sich unter die wischende, wippende Menge. Ich stelle mich an den Rand und halte nach bekannten Gesichtern Ausschau, sehe im Gewühl aber keines.

»Sehr kleidsam!«

Es ist Frau Feininger. Sie sieht an mir rauf und runter. Ich sage es ungern, aber Frau Feininger sieht großartig aus. Sie hat ihr Haar zu zwei Nscho-tschi-Zöpfen gebunden, die ihr Gesicht umrahmen wie zwei schwarze Wasserfälle; ihre Lippen glänzen feucht, ihr Kleid ist von beunruhigender Kürze.

Ich sehe vermutlich weniger großartig aus, denn der Sergeant hat mich für den Ball ausstaffiert. »Mit deinen Karohemden kannst du beim Rodeo antreten, aber nicht bei den Ladys in Mississippi«, hat er gesagt. Jetzt trage ich spitze Schuhe, eine hellbraune Gabardinehose und einen schwarzen Pullover mit V-Ausschnitt. Die Schuhe sind mir zu groß, die Hose zu weit, und für den Pullover könnte ich ruhig zwanzig Zentimeter breitschultriger sein.

Frau Feininger lächelt mitleidig.

»Und, schon viele Fragebögen gefälscht?«, frage ich.

»Klingt hier eine leichte Antipathie an?«

»Du benutzt die ungebildeten Stände als Karrieresprungbrett, Frau Feininger. Du wirst über sie schreiben, ohne je ihr Leben kennengelernt zu haben. Ich möchte dir hiermit offiziell das *Sie* anbieten.«

»Und Sie? Wollen Sie sich mit ihrer Reportage keinen Namen machen?« Was ein Argument wäre, wenn ich wirklich eine Reportage schreiben wollte. Ich meine aber, es geht Frau Feininger nichts an, dass ich keine Reportage schreibe.

Plötzlich steht Carla vor mir und zieht mich auf die Tanzfläche. »Mach einfach, was ich mache.« Wie heute Mittag stemmt sie den linken Arm in die Hüfte und beginnt zu wippen. Gleichzeitig hebt sie den rechten Arm an und führt kreisende Bewegungen aus. Dann der Wechsel, rechts stemmt, links putzt. Ich steige ein und schaffe eine recht genaue Nachbildung ihrer Arm- und Hüftbewegungen; leider entgeht mir, was die Füße in der Zwischenzeit tun. »Großartig«, lügt Carla und übergibt mich so schnell wie möglich einer Freundin, die sie mir als Vicky vorstellt. Vicky korrigiert meine Beinarbeit und reicht mich an eine schlanke Frau mit katzenartigen Bewegungen weiter. »Wie heißt du?«, rufe ich. »Felicia.« Zu meiner Überraschung gibt Felicia mich nicht weiter, sondern lacht mich die ganze Zeit an. Je länger ich mit ihr tanze, desto stärker verdichtet sich der Eindruck, dass sie ihre Pläne für heute Nacht schon gemacht hat, und ich scheine eine tragende Rolle darin zu spielen. Langsam gewöhne ich mich an den Schmettersoul, Hooks' Schuhe gleiten an meinen Füßen einwandfrei über den Boden. Ich erhalte den Zuschlag, Felicia auf ein Getränk einladen zu dürfen, lächle, philosophiere ein wenig über den Klimawandel. Felicia will wieder auf die Tanzfläche. Ich finde, für einen, der sonst zu den Ramones tanzt, schlage ich mich nicht schlecht.

»Gutes Fahrgestell«, ruft jemand hinter mir, auf Deutsch. Ich drehe mich um und entdecke Hooks. Er tanzt mit Frau Feininger und ist sich nicht zu schade, verschwörerisch ein Auge zuzukneifen. Frau Feininger wischt und wippt, als sei sie damit aufgewachsen. »Hast du Lust auf einen Spaziergang?«, frage ich Felicia. Sie nickt. Wir schlendern hinaus auf die Straße, wo Liebespaare an Autos lehnen und sich küssen. Grillen zirpen.

Beim Frühstück meldet Hooks Vollzug. »Die ganze Nacht, Meister, die ganze Nacht. Ich kriege fünfzig Dollar von dir, zwanzig hast du mir schon gegeben, bleiben dreißig«, raunt er mir über den Tisch zu. Er spricht leise, weil Alicia zur Tür reinkommt.

»Beweise«, raune ich zurück.

»Beweise waren nicht ausgemacht.«

»Das versteht sich von selbst.«

»Also gut, zehn Dollar Abzug für mangelnde Beweise.«

»Zwanzig.«

»Fünfzehn.«

»Top.«

»Hast du schon deinen Fragebogen ausgefüllt?«, fragt Hooks seine Schwester.

»Ja doch«, sagt Alicia und verdreht ihre Augen. Ich fühle mich zerschlagen und lege mich noch einmal aufs Sofa.

Am Nachmittag Auftritt Frau Feininger. Sie trägt teuer ausgewaschene Jeans und ein Batik-T-Shirt von der Sorte, wie es Boutiquen verkaufen. Ich wette, sie hält sich für Janis Joplin.

»Guten Tag, Herr Hoffmann.«

»Guten Tag, Frau Joplin. Wie ich sehe, tragen Sie schon Ihr Road-Outfit.«

Frau Feininger deutet Richtung Tür.

»Ich bin so weit. Sollten Sie mitwollen: Ich verlange die Hälfte vom Benzingeld.«

Wir starten am frühen Abend. Die Soziologin peilt als nächsten Stopp ihrer Recherchereise Colorado Springs an, eine Soldatenstadt zweitausend Kilometer weiter im Nordwesten, das findet sie »spannend«. Sie hat sogar schon einen Termin mit einem gewissen Major O'Donnehue ausgemacht, der ihr Projekt angeblich interessant findet und den sie um Unterstützung für ihre Fragebogenaktion bitten will. Mir ist es egal, Hauptsache, es geht im weitesten Sinn Richtung Westen.

Unsere Ausfahrt in die amerikanische Unterschicht beginnt damit, dass Frau Feininger den Motor startet und das Verdeck ihres BMW-Cabrios herunterfährt. Hooks hat zum Abschied seinen weißen Anzug angezogen, sein Barett sitzt kecker, als es die Gesetze der Schwerkraft zulassen sollten. »Gute Reise«, sagt der Sergeant und küsst Frau Feininger galant auf die Wangen. Dann kommt er auf meine Seite.

»Hast du was zum Überziehen dabei?«, fragt er.

»Du bist nicht zufällig meine Mutter?«

»Nein«, sagt er und streckt mir wiehernd eine Packung Kondome entgegen. Zur Strafe fotografiere ich ihn dabei.

Frau Feininger steuert den BMW über eine Piste durch einen staubigen Eukalpytuswald. Ich schließe die Augen und genieße das Flirren der Sonne. »Haben Sie Musik an Bord?«, frage ich, ohne die Augen zu öffnen.

»Im Handschuhfach liegen Kassetten.«

Ich würde gerne etwas von Motörhead hören oder die Ramones. Nichts davon findet sich bei Frau Feininger. Stattdessen französische Chansonniers, Bach, Brahms, Deutsche Grammophon. Ich sage nichts dazu.

Ich sage auch nichts dazu, dass wir keineswegs geradeaus auf den Highway Richtung Norden fahren, sondern zu einem gewaltigen Supermarkt. Zwei Drittel der Parkplätze sind frei, aber Frau Feininger fährt lange Runden, bis sie einen Platz findet, der ihren Ansprüchen genügt. Sie steigt aus, ich bleibe sitzen. »Brauchen Sie keinen Proviant?«, fragt sie.

»Ich weiß nicht, ob es Ihnen entgangen ist, aber Amerika ist das Land der rund um die Uhr geöffneten Restaurants. Man bekommt hier zu jeder Tages- und Nachtzeit etwas zu essen und zu trinken. Sie müssen nicht verhungern.«

»Ich weiß nicht, ob es Ihnen entgangen ist, aber im Supermarkt ist es preiswerter, und ich ziehe es vor, mir mein Essen selbst zusammenzustellen.«

»Sie mögen keine Restaurants?«

»Im Gegenteil. Ich besuche außerordentlich gerne Restaurants, aber nur solche, die den Namen auch verdienen. Und die sind in aller Regel nicht rund um die Uhr geöffnet.«

»Und wo soll Ihre Haute Cuisine stattfinden? Auf der Motorhaube?«

Frau Feininger zeigt in Richtung Supermarkt. »Ich nehme an, dass es dort drinnen so etwas wie einen Campingkocher gibt.«

»Und ich nehme an, dass Ihr Vater Jurist ist.«

Es ist das erste Mal, das ich Frau Feininger ansatzweise verunsichert sehe.

»Woher wissen Sie das?«

»Intuitive Soziologie. Ist bei Ihnen nicht schwierig.«

Frau Feininger schaut so hübsch irritiert, dass ich beschließe, mit in den Supermarkt zu kommen. Ich schiebe sogar den Einkaufswagen. Mit einem Bein stelle ich mich hintendrauf, mit dem anderen gebe ich Schwung. Drei Millimeter vor der automatischen Tür bremse ich ab, sodass sie sich vor Schreck öffnet. Vor mir erstreckt sich die Biergasse. »Ich packe in meinen Koffer ein Sixpack«, sage ich und pfeffere es so nonchalant in den Wagen, wie man Glas nur eben pfeffern kann. Am Tabaktresen kaufe ich drei Päckchen Selbstdrehware, dazu werfe ich in hohem Bogen kurze und lange Blättchen und ein Sixpack Snickers. Einkauf beendet.

Frau Feininger will zum Gemüse. »Wollen wir nicht lieber zu McDonald's und danach Billard spielen?« Aber Frau Feininger hält nichts von meinem Vorschlag. Sie reißt Plastiktüten von der Rolle, reibt sie an den Rändern und pustet hochkonzentriert hinein. Dann überlegt sie, was sie einkaufen will. Grüne oder rote Paprika? Karotten oder Bohnen? Wo sind die Auberginen? Ah, da vorn. Aber es sind keine guten Auberginen, keine, die das Feiningersiegel für Auberginen verdienen. Haben die hier keine besseren Auberginen? So geht es in einem fort. Heidelbeerjoghurt für dreißig Cent oder Heidelbeerjoghurt für vierzig Cent? Mit Gelatine oder ohne? Rechtsrum oder linksrum? Frau Feininger wägt und liest und rechnet minutenlang, um sich am Ende für eine Viererpackung Maracuja zu entscheiden, die zurückzubringen sie auf Höhe der Fleischkühltruhe beschließt. Schicht auf Schicht stapelt sie in den Wagen, Unterschicht, Mittelschicht, Oberschicht. Am Schluss legt sie drei zusammenklappbare Plastikkisten, einen Campingkocher und einen Campingstuhl darauf.

Ich bin tief beeindruckt und schweigsam, eine Stimmung, die ich bis über das Ende des Einkaufs hinaus konservieren kann und weit bis in die erste Stunde unserer Fahrt. Der BMW rollt durch friedlich wogende Wälder, dazwischen breiten sich Wiesen aus. Selbst über dieser Landschaft, die streng genommen allenfalls so lala ist, liegt Abenteuer. Landschaft, das kann der Amerikaner.

Am Himmel räkeln sich langgezogene Wolken, die in den Farben des Abends schimmern. Laue Luft umweht uns. Wir fahren und fahren. Das heißt, Frau Feininger fährt. Ich trinke Bier, esse Snickers und höre keine einzige Kassette von Frau Feininger.

Auf Höhe des dritten Biers frage ich, ob es möglich wäre, in ihrem Auto einen Rock-'n'-Roll-Sender im Radio zu hören, aber Frau Feininger sagt, sie hält nichts davon, reaktionären texanischen Bands ihre Aufmerksamkeit zu schenken.

»Bin ich hier nur der Benzingeldbringer, oder habe ich auch Rechte?«

»Selbstverständlich können wir von Zeit zu Zeit Musik hören, meinetwegen auch eine, die Ihrem Geschmack ent-

spricht. Momentan würde ich nur gerne ganz auf Musik verzichten und den Sonnenuntergang genießen.«

Ich öffne das vierte Bier. Zwischen Narrowbrooks und Colorado Springs liegen zwei Tage Fahrt. Ich kann mir schwer
vorstellen, sie ohne Rock 'n' Roll zu verbringen. Es ist der
ganze Sinn von Autofahrten, dass man Rock 'n' Roll auf ihnen
hört. Man bewegt ja auch nicht die Lungen, ohne zu atmen.

In der Ferne geht rot die Sonne unter. Frau Feininger
scannt unverwandt den Horizont, als vermute sie dort eine
Büffelherde.

»Sind Sie in irgendeiner Weise verstimmt, Frau Feininger?«

»Durchaus nicht. Nur ein wenig in Gedanken.«

Was das für Gedanken sind, kann ich mir schon denken.
Ich hole meinen Notizblock aus der Jacke und schreibe:

FRAGEBOGEN
Haben Sie einen Freund?
☐ Ja
☐ Nein

Ich bin mir ziemlich sicher, dass sie mit einem gutaussehen-
den Dreißigjährigen in zerknautschtem Jackett liiert ist. Er
macht in Kultur und hat es in ihren Augen »nicht mehr nötig«, was auch immer. Ich stelle mir Frau Feininger auf ihrem Kulturschaffenden vor. Aus Gründen, die ich nicht kenne, keucht sie »Stochastik, Stochastik«.

Frau Feininger liest meinen Zettel, zerknüllt ihn und wirft
ihn über Bord. Ich halte mir die Nase zu und kommentiere
wie ein Radioreporter: »Hinter den beiden Deutschen ertönt
eine Alarmsirene. Ein schwarzweißer Dodge überholt sie.
Rechts ranfahren, sagt der Teleprompter auf dem Dach des
Dodge. Helikopter stoßen vom Himmel herab, Staub wirbelt
auf, der Lärm ist unerträglich.«

»Es heißt nicht Teleprompter, sondern Dachanzeige.«

»Es kostet fünfhundert Dollar, den Highway zu verschmutzen«, sage ich.

Frau Feininger schweigt. Sie fährt fünfundfünfzig bis sechzig Meilen, und das so konstant, als wolle sie damit jemanden erpressen.

Dunkelheit legt sich über die Felder; nicht lange, und der Mond steht hell und hoch. In der Ferne leuchten die Bürotürme von Memphis, Tennessee. Frau Feininger hält auf die blinkenden Wolkenkratzer zu, doch kurz davor biegt sie in eine Flucht von Backsteinhäusern mit kühn gewinkelten Feuertreppen. Sie hält gegenüber einer Bar, in deren Fenster eine Millers-Leuchtreklame blinkt. Wind hebt an und weht ein Stück Zeitung über die leere Straße. »Sie wollten Billard spielen?«

Ich nicke.

»Würden Sie annehmen, dass man dort drüben Billard spielen kann?«

»Das würde ich.«

Die Bar scheint keinen Namen zu haben, aber ich nenne sie die Old Lady's Bar, denn als wir sie betreten, sitzt am Rand des Lichtkegels über dem Billardtisch eine alte Dame auf einem Barhocker. Sie krallt die Hände fest ins Glas und drückt ihren Dutt an die Wand.

Frau Feininger hat, wie ich es erwartet habe, noch nie Billard gespielt. Ich erkläre ihr die Regeln und zeige ihr die Technik. Es ist sehr anstrengend, ihr nicht in den Ausschnitt zu schauen, wenn sie sich über den Tisch beugt, und ich stelle wieder fest, dass selbst Extremistinnen wie die mutmaßliche FDP-Wählerin Feininger Erektionen erzeugen können. Busensüße ist ein Wort, das mir durch den Kopf rollt, ohne dass ich es bestellt hätte.

Selbstverständlich will Frau Feininger nicht wirklich Billard spielen. Sie denkt es nur. Und ich weiß, warum Frau Feininger denkt, dass sie Billard spielen will. Sie will demonstrieren, dass sie den Vergnügungen der Unterschicht gegenüber aufgeschlossen ist. Und sie brennt darauf, mich zu besiegen, denn ich gebe ihr den Anwalt der Arbeiter. Besiegt sie Hoffmann, weist sie das gesamte Proletariat in die Schranken. Das dritte Spiel gewinnt sie.

»Schau an«, sagt die alte Dame auf dem Barhocker. Frau Feininger tritt an sie heran – ob sie eventuell einen Fragebogen für sie ausfüllen wolle? »Sind sie Sozialarbeiterin?«, fragt die alte Dame.

»So ähnlich.«

»Dann lieber nicht.«

Dann lieber *goodbye*, Memphis, Tennessee.

Der BMW liegt satt auf der Straße, und wir schauen jetzt nach Westen in die große Nacht. Ich weiß nicht, wie die USA es schaffen, aber sie sehen sogar im Dunkeln anders aus als Deutschland. Wahrscheinlich, weil nicht überall Lichter blinken und oft die Leitplanken fehlen. Der Highway fasert seitlich aus, und daneben heulen schon die Kojoten. »War das nicht wie in einem Hopper-Gemälde in dieser Bar?«, fragt Frau Feininger plötzlich. Es klingt wie ein Friedensangebot.

»Mögen sie Hopper?«

»Ja.«

»Merkwürdig.«

»Wieso?«

»Hopper ist normalerweise für BWLer. Männliche BWLer, um genau zu sein. Sie hängen sich Hopper auf, wenn ihre sogenannten Beziehungen in die Brüche gehen, kriegen Bartstoppeln und fühlen anderthalb Tage lang die Leere, die schon die ganze Zeit in ihnen war. Aber Sie, Frau Feininger, sind Soziologiestudentin. Soziologiestudentinnen hängen sich Schwarzweißposter von nachdenklichen Frauen auf.«

»Idiot«, sagt Frau Feininger, und vermutlich hat sie sogar recht damit.

Sie redet jetzt nichts mehr, aber ab und zu, wenn die Müdigkeit sie attackiert, streicht sie sich eine Locke aus dem Gesicht.

»Sind Sie wieder in Gedanken?«

»Ich wüßte nicht, was Sie das angeht, Herr Hoffmann.«

»Lassen Sie mich raten. Ihr Freund ist dreißig und macht etwas mit Kultur.«

Frau Feininger strafft die Schultern und sitzt jetzt möglicherweise noch aufrechter in ihrem Sitz als vorher. Wahrscheinlich macht sie zu Hause Wirbelsäulensport auf einem Gymnastikball.

»Mein Verlobter ist Amerikaner. Er erwartet mich in drei Wochen in San Francisco, wo wir heiraten werden. Danach wird er in Berkeley seine Post-Doc-Stelle antreten. Ich werde in Kalifornien meinen Master machen und anschließend selbst promovieren.«

»Das war etwas mehr Information, als ich mir gewünscht hatte.«

»Entschuldigen Sie, dass ich Sie mit meinem Privatleben belästigt habe, es soll nicht wieder vorkommen«, sagt Frau Feininger.

Frau Feininger fährt in dieser Nacht noch durch halb Arkansas, um schließlich auf einen Parkplatz einzubiegen. Ich nehme mir meine Isomatte, das letzte Bier und das letzte Snickers und lege mich neben den BMW. Frau Feininger entzündet eine Campinglampe und kocht Ratatouille. Sie muss irgendeinen Gemüsetick haben.

Ich reiche ihr einen neuen Zettel:

FRAGEBOGEN

Haben Sie mit Sergeant Hooks geschlafen?

☐ Ja

☐ Nein

Wenn ja, was sagt Ihr künftiger Mann dazu?

Schildern Sie bitte kurz den Hergang.

Frau Feininger liest, rührt im Ratatouille und schreibt mit ihrer feinen Feiningerschrift auf die Rückseite des Zettels:

FRAGEBOGEN

Wie oft masturbieren Sie in der Woche?

☐ 3 x

☐ 5 x

☐ 8 x

Ich schreibe »12 x« drunter und schließe die Augen.

Kaffeeduft weckt mich. Frau Feininger sitzt auf ihrem Campingstuhl und nippt an einer Campingtasse, aus der es herausdampft. Sie trägt immer noch ihre Jeans, aber mit einer albernen Bluse, von der es in Modeheften wahrscheinlich heißen würde, sie sei *Countrystyle*. Dazu trägt sie ein paar Fragebögen, über die hinweg sie mir einen guten Morgen wünscht. Ihre Zähne leuchten, sie sieht nicht aus wie jemand, der im Auto geschlafen hat, sondern wie eine gesunde Nektarine, an der alles abperlt, was ihren Feiningerideen in die Quere kommen könnte. Neben ihr steht frisch gespültes Campinggeschirr; obenauf balanciert ein Spülschwamm zum Trocknen. Auf dem Parkplatz schlendern Menschen im diffusen Licht eines unentschlossenen Morgens umher, recken sich, machen Dehnübungen oder werfen Dinge in Mülleimer. Im Hintergrund sehe ich einen Burger King.

»Guten Morgen, Frau Feininger. Hat man Ihnen nicht erklärt, dass hier überall Holzbänke und -tische stehen, auf die man sich setzen kann?« Ich deute auf die Rasenfläche, an deren Rand wir geparkt haben.

»Hat man Ihnen nicht erklärt, dass man von nassen Holzbänken einen nassen Hintern bekommt?«

Ich laufe zu Burger King und hole mir einen Kaffee. Dazu drehe ich mir eine schöne, saftige Zigarette, lege mich auf den Schlafsack und rauche. Neben den Holztischen steht eine Rutsche. Kinder rutschen darauf.

»Wollen Sie Kinder?«

Frau Feininger schaut von ihren Bögen auf.

»Ich will Kinder, die mit zwölf auf die Welt kommen und sofort Abitur machen. Wussten Sie, dass nach meinen Erkenntnissen dreiundsechzig Prozent aller Unterschichtangehörigen keine Vorstellung davon besitzen, wie ihr Leben in einem Jahr aussehen wird?«

»Dann gehöre ich zur Unterschicht. Ich weiß noch nicht einmal, wie der heutige Tag aussehen wird.«

»Arbeiten Sie heute nicht?«

»Arbeiten?«

»An Ihrer Reportage.«

»Ich werde in Colorado Springs daran arbeiten. Dort werde ich mir einen Job suchen und meine Beobachtungen niederschreiben. Anders als Sie favorisiere ich die teilnehmende Beobachtung, wenn Sie wissen, was ich meine.«

Frau Feininger übergibt mir die Schlüssel. »Sie fahren heute.«

»Wenn ich fahren soll, bestimme ich die Musik.«

»Also gut.«

Was Frau Feininger nicht weiß, ist, dass ich im Tankstellenladen eine Motörhead-Kassette entdeckt habe. Sobald der Schlüssel rumgedreht ist, röhrt Lemmy los, »I don't wanna live forever« oder so ähnlich.

»Geht's noch lauter?«, brüllt Frau Feininger.

»Was?«

»Kretin.«

Ich halte für ein paar hundert Kilometer Kurs West, ab Oklahoma City ein paar hundert Kilometer Kurs Nord bis weit nach Kansas hinein, nur um den BMW dort abrupt wieder in Richtung Westen zu wenden. Frau Feininger liest ein signalorangefarbenes Soziologiebuch, ich fahre. »Wie viele Fragebögen brauchen Sie eigentlich für Ihre Masterarbeit, wenn ich fragen darf?«

»Ungefähr siebzig.«

»Und wie viele haben Sie schon?«

»Dreizehn.«

»Das heißt, Sie brauchen noch fast sechzig Bögen bis zu ihrer Hochzeit?«

»Das haben sie sehr schön ausgerechnet.«

In den Feldern von Kansas pumpen Ölpumpen. Nach einer Stunde pumpen in den Feldern immer noch Ölpumpen. Die Schwengel heben und senken sich nur langsam, was der Szene den Charakter einer Zeitlupenaufnahme verleiht. Felder, Ölpumpen, Felder, Ölpumpen. »Felder und Ölpumpen«, sagt Frau Feininger. Am Himmel sehe ich zwei Bussarde. Sie scheinen stets über uns zu kreisen, obwohl wir mit hundertdreißig Stundenkilometern durch Kansas rauschen. (»Die Strafzettel bezahlen dann aber Sie«, C. Feininger.) Manchmal lässt sich einer der beiden Vögel davontragen, und ich denke, er ist verschwunden, aber dann taucht er plötzlich wieder auf und bringt sich mit ein paar Flügelschlägen in seine alte Umlaufbahn, in deren Mitte nichts als Himmel ist.

Nachmittags öffnet sich der Blick auf eine Hochebene, in der sich eine Stadt von ansehnlicher Größe verliert. Darüber stechen schneebedeckte Berge in den Himmel. Die Stadt scheint, abgesehen von einigen Gebäuden, die den Rest ein wenig halbherzig zu überragen suchen, kein Zentrum zu besitzen. Ich halte mir die Nase zu und sage: »Meine Damen und Herren, wir erreichen Colorado Springs«. »Die Stadt liegt auf fünftausendvierhundert Fuß, die Berge erreichen an ihrem höchsten Gipfel, dem Pikes Peak, eine Höhe von über dreizehntausend Fuß.« Das habe ich im Reiseführer gelesen. »Gut«, sagt Frau Feininger in der knappen Ausdrucksweise derer, die schon lange in einem Auto sitzen. Frische Luft erfasst uns, der Sommer auf achtzehnhundert Meter Höhe ist kühler als der in Mississippi.

Wir nähern uns auf einer breiten Schneise dem Zentrum; Autohändler und Pfandleiher, Banken und Supermärkte, Restaurants und Bars säumen die Straße. Darüber hängen alle hundert Meter Banner, die eine Möbel- und Einrichtungsmesse annoncieren. Gehwege dienen offensichtlich nur dazu, Autos an ihnen zu parken, Fußgänger kommen entweder aus einem oder gehen in einen Laden. Ich sehe einige Frauen in Westernstiefeln und Männer mit Cowboyhüten, und es wirkt nicht so, als würde es als karnevalistische Einlage aufgefasst.

Frau Feininger klopft mir auf den Arm. »Halten Sie an, dort vorn kommt ein Motel.« Dann merkt sie, dass sie mich berührt, und zieht ihre Hand erschrocken zurück. Ich ertappe mich bei dem Gedanken, dass unser Zimmer nur ein Bett haben und dass es über Frau Feiningers Hälfte von der Decke regnen könnte. Es ist aber kein Zimmer mehr frei, weder einzeln noch doppelt noch sonst wie. »Die Messe«, sagt der Besitzer und deutet auf die Banner, die über der Straße hängen. Anderthalb Stunden lang kreuzen und queren wir durch Colorado Springs, aber so sehr wir auch kreuzen und queren: Alle Motels sind belegt. »Die Messe«, sagen die

Besitzer und deuten auf die Banner, die über den Straßen hängen. Frau Feininger, die heute wieder einen kurzen Rock trägt, aber einen anderen, trommelt auf ihr Knie. Jede Sekunde, die sie hier vertrödelt, könnte einen Fragebogen weniger bedeuten.

»Zeit für einen Strategiewechsel«, sage ich.

»Sagen Sie jetzt bitte nicht, dass Sie die Tramperin dort vorn mitnehmen wollen.« Aber das ist genau das, was ich will – ich bremse.

»Fahrt ihr in die Willowbrooks?«

Ich schätze die Tramperin auf fünfundzwanzig. Sie grinst wie die Katze aus *Alice im Wunderland*. In ihren Augen blitzt irrer Witz, zwischen ihren Schneidezähnen gähnt ein Spalt.

»Ich weiß zwar nicht, wo die Willowbrooks sind, aber wir bringen dich hin.«

Frau Feininger zuckt. »Wollten wir nicht ein Motel suchen?«

Die Tramperin klettert auf den Rücksitz. »Ihr werdet kein Glück haben. Es ist Messe in der Stadt«, sagt sie und gibt mit einem knappen »Immer geradeaus« die Richtung vor. Eine Yamaha überholt uns. »Kauf dir eine Harley!«

Mir fällt fast die Zigarette aus der Hand. Die Tramperin streckt ihren Kopf zwischen den Sitzen durch. »Ich heiße Jenny. Sorry, wenn ich zu laut war.« Ihr Amerikanisch ist perfektes Kaugummi – mit einem harten Klumpen darin.

»Wo kommst du her, Jenny?«

»Aus Deutschland. Bei Köln. Und du?«

»Bei Mannheim.«

»Du warst bestimmt auf dem Gumminasium, oder?«

Ich gestehe.

»Macht nichts. Du siehst aus wie mein alter Deutschlehrer, und der war in Ordnung.«

Frau Feininger dreht sich zu Jenny um: »Wie lange bist du schon in den USA?«

»Paar Jahre.«

Frau Feininger reicht Jenny einen Fragebogen und einen Kugelschreiber nach hinten. »Ich bin Soziologin. Ich erforsche das Planungsverhalten der Amerikaner. Machst du mit?«

»Kann ich deinen Ausweis sehen? Ich muss sichergehen, dass du keine Sozialarbeiterin bist.«

Frau Feininger reicht ihren Universitätsausweis nach hinten.

»Okay«, sagt Jenny.

Bunte Zeilen von Autohändlern ziehen an uns vorbei, dazwischen Schnellrestaurants, Supermärkte, ein Stadion.

»Immer noch geradeaus?«

»Immer noch geradeaus!«, ruft Jenny und vertieft sich wieder in den Fragebogen. Frau Feininger fröstelt und zieht sich eine Jeansjacke mit Quatschbesätzen über.

»Hier«, sagt Jenny und reicht den Fragebogen nach vorn. Frau Feininger liest ihn gleich, ich linse hinein.

Jenny schreibt groß und rund.

Beschäftigung: *Party*

Ausbildung: *Handelsschule, abgebrochen*

Beruf des Vaters: *Soldat*

Beruf der Mutter: *Hausfrau*

Planen sie die Teilnahme an einer Fortbildungsmaßnahme?

Nein

Wie viel Prozent Ihres Haushaltseinkommens haben Sie zur freien Verfügung?

Minus zehn Prozent

Frau Feininger merkt, dass ich mitlese.

»Achten Sie lieber auf die Straße«, sagt sie.

»Ihr siezt euch?«

»Ja«, sagen Frau Feininger und ich.

Wir kommen durch eine Siedlung schmuckloser Einfamilienhäuser, dahinter erhebt sich kolosseumartig ein dreistöckiger Bau. Jennys Kopf erscheint wieder zwischen den Sitzen. »Da vorne wohne ich, Willowbrook-Apartments. Ich mache euch einen Vorschlag, Landsleute: Ihr werdet in den nächsten Wochen kein Motelzimmer bekommen, wegen der Messe, aber bei mir nebenan ist ein Apartment frei. Ich habe den Schlüssel, weil ich Pats Orchidee gieße. Kommt auf einen Kaffee mit hoch und schaut es euch an.«

»Klingt gut«, sage ich. Frau Feininger rollt mit den Augen.

Die Apartments umgeben hufeisenförmig eine Rasenfläche von der Größe einer Fußballarena; Treppen und Etagengänge verlaufen außen.

Wir steigen in den zweiten Stock hinauf zu Nummer 204. Jennys Wohnung besteht aus einem Zimmer, das fast vollständig von einem Wasserbett, einem Bad und einer Puppenküche ausgefüllt wird. Über dem Wasserbett hängt eine rote Postkarte mit der Aufschrift I O U 1 ORGASM. An der Wand lehnt der Rahmen einer Harley-Davidson.

»Hübsch«, heuchelt Frau Feininger.

»Gehört meinem Freund Brad. Er arbeitet bei der Armee. Halb Colorado Springs arbeitet bei der Armee. Es gibt eine ganze Menge Pfandleiher in der Stadt.«

»Wohnen hier viele Soldaten?«, fragt Frau Feininger und deutet ins Rund.

»Fast nur. Soldaten, Soldatinnen, Soldatenfrauen, Soldatenfreundinnen, Soldatenfreunde, Kinder von Soldaten.«

Jenny setzt Wasser für Kaffee auf, wir tun, als würden wir uns umschauen, obwohl wir schon alles gesehen haben.

Jenny stellt drei Becher Kaffee auf den Boden zwischen Eingang und Bett. Frau Feininger setzt sich mit nur einer Backe ihres Prachthinterns auf den Filzteppich, wahrscheinlich, weil sie fürchtet, ihr Rock könne dreckig werden. Jenny klebt Zigarettenblättchen aneinander, legt einen Teppich Tabak aus und mischt ihn mit hochflorigem Spaßtabak. »Gutes Gras«, sagt sie, legt den Filter ein und dreht einen formvollendeten Konus.

Weil mir nichts Besseres einfällt, sage ich, dass mir ihre Mokassins gefallen. Sie erklärt, die Schuhe seien von Indianern. »Zwanzig Dollar, das ist nicht viel, oder?« Ich kenne die Preise für Mokassins nicht, pflichte aber bei. Ich will unbedingt, dass sie weiterredet, denn so, wie Jenny über Mokassins redet, habe ich das Gefühl, Teil eines großen Geheimnisses zu werden. Sie reicht den Joint an Frau Feininger, die ihn zu mir durchreicht.

Das Apartment sieht genauso aus wie Jennys. Es steht sogar das gleiche Wasserbett darin. Außerdem die Orchidee von einem Mann namens Pat. Außerdem nichts.

»Wundervoll«, sage ich. Ich halte das Arrangement für recht gelungen und erwarte Lob für mein Zimmerkrisenmanagement. Frau Feininger ist unzufrieden. Sie hat einen Fleck auf dem Teppich entdeckt, den sie für einen Bierfleck hält, und sie findet, es riecht nach Rauch, was nicht zutrifft oder höchstens in Spurenelementen.

»Ich rieche nichts. Und wäre nicht auch ein wenig Freude darüber angebracht, dass wir überhaupt ein Zimmer haben?«

»Hat Sie irgendjemand gebeten, sich um ein Zimmer zu kümmern?«

»Ich erwarte nicht, dass Sie auf die Knie gehen. Aber um den Hals fallen und danken könnten Sie mir schon. Näher werden Sie wohl kaum an Ihr Forschungsobjekt herankommen.«

»Ich habe morgen einen Termin mit Major O'Donnehue

von der US-Armee, und über ihn werde ich mich meinem Forschungsobjekt systematisch nähern. Ich werde Daten erheben und die Fragebögen einen nach dem anderen auswerten.«

»Mag sein, dass Sie das werden. Aber Sie werden auf diese Weise nichts über Ihr Forschungsobjekt erfahren.«

Frau Feininger springt auf.

»Was soll die verlogene Solidarität mit der Unterschicht? Sie simulieren doch nur! In was für einer Sorte Haus wohnen Ihre Eltern?«

»Einem Reihenhaus.«

»Welchem Beruf geht Ihr Vater nach?«

»Er ist Astronaut.«

»Noch einmal?«

»Er ist Chemiker.«

»Hat er studiert?«

»FH.«

»Ihre Mutter?«

»Hausfrau.«

»Haushaltseinkommen?«

»Genug.«

Frau Feininger lächelt, als hätte sie mich bei etwas ertappt.

»Ich habe Neuigkeiten für Sie, Viktor Hoffmann. Sie sind Mittelschicht, mein Lieber, mittelste Mittelschicht! Und wenn Sie hier ihren unvermeidlichen Schiffbruch erlitten haben, dann werden Sie Ihre Eltern anrufen und sich rausholen lassen. Und wenn Sie von dieser Reise zurück sind, dann werden Sie ein Studium beginnen, einen Beruf ergreifen und unglücklich und langweilig werden wie alle anderen Mittelschichtkinder auch.«

»Ich habe nicht vor, zurückzukehren.«

»Und wovon werden Sie leben?«

»Ich werde mir eine Arbeit suchen, hier in Colorado Springs! Und meine Reportage darüber schreiben! Und ich werde an einem Tag mehr über die sogenannte Unterschicht herausbekommen als Sie in Ihrem ganzen sogenannten Wissenschaftlerleben!«

Frau Feininger inspiziert den Kühlschrank. »Wir müssen noch Lebensmittel einkaufen«, sagt sie. »Und glauben Sie bloß nicht, dass ich mich mit Ihnen in dieses Bett lege.« Sie deutet auf das Wasserbett.

»Was bilden Sie sich ein? Dass ich über Sie herfallen werde? Wovon träumen Sie nachts?«

Ich lege mich um halb elf ins Bett, um meinen Anspruch darauf anzumelden. Wer hat denn dieses Apartment organisiert und also auch dieses Bett? Frau Feininger weigert sich ebenfalls, sich eine Schlafstatt außerhalb des Betts herzurichten. Mit Verweis auf den Fleck, der wahrscheinlich ein Bierfleck sei und »bestimmt nur die sichtbare Spitze des Eisbergs«, legt sie sich mit größtmöglichem Abstand neben mich. Sie trägt ein weites Seidenensemble von der Art, wie es in Krimis die Ehefrauen von Fabrikanten tragen.

Von Jennys Apartment wummert Musik herüber, Fugazi, »Waiting Room«. Frau Feininger schläft gleich ein. Sie säuselt ein gleichmäßiges Feiningersäuseln. Ich schlafe nicht ein, weil Frau Feininger mit ihrem warmen Feiningerkörper neben mir liegt. Schiffbruch würde ich erleiden, hat sie gesagt. Wir werden sehen. Plötzlich umarmt sie mich im Schlaf und presst sich an mich. Ich warte darauf, dass sie »Edvard« wispert, mit »v«, so heißt ihr Doktor, aber das bleibt mir erspart. Nur schlafen kann ich jetzt nicht mehr. Ich gehe aufs Klo und mache selbstgemachte Liebe. Danach kann ich immer noch nicht einschlafen. Ich ziehe meine Jeans über und gehe nach nebenan zu Jenny, die noch mehr Besuch hat. Ihr Freund Brad ist da, ein bulliger kleiner Mann mit mausartigem Gesicht, eine dünne, tough wirkende Frau namens Carla und ihr Freund Doug, der bei den *Green Berets* arbeitet, einer Eliteeinheit, die auch zu Auslandseinsätzen herangezogen wird, »zum Beispiel zur Drogenbekämpfung«, wie Doug mir erklärt. Die vier sitzen an die Wand gelehnt um das Wasserbett und wirken entrückt. »Jetzt guck dir das mal an«, sagt Jenny. »Immer, wenn Doug auf Trip ist, wird seine blonde Strähne grün.« Ich schaue genauer hin, aber Dougs Strähne bleibt blond. Musik spielt, »Eight Miles High« von Hüsker Dü. Niemand spricht, dann sagt Brad: »Lasst uns nach Fort Carson fahren.« Ich bin mir nicht sicher, ob er auch auf LSD ist, aber wenn, dann hoffe ich, dass er uns mit seinem Chevrolet nur gegen Dinge steuert, die nicht da sind.

Wir gehen in eine Soldatendisko namens Bullfrog's Den, wo einige GIs verlassen im Halbdunkel stehen. Kleine Tische stützen ihre Ellbogen, und große Hände stützen ihre Köpfe, einige Augen glänzen feucht. Die Band spielt ein jämmerliches »Nights in White Satin« vor leerer Tanzfläche. In der Tiefe des Raums sehe ich die Bar. Sie ist nicht ganz so schön beleuchtet wie eine Justizvollzugsanstalt. Zum Glück füllt sich der Raum sehr schnell, und um die Musik kümmert sich jetzt ein Diskjockey. Er schmeißt das Stroboskop an, setzt sich einen Kopfhörer auf und beginnt zu zucken. Doug und Carla gehen tanzen. Brad bringt zwei weitere GIs, einen Kübel Bier und Gläser mit an unseren Tisch. Wir spielen ein Würfelspiel. Fünf bedeutet trinken, Sieben bedeutet, dass man bestimmen darf, wer trinken muss. Es gibt noch einige andere Regeln, die ich mir nicht merke, denn die Hauptregel lautet: Irgendjemand muss immer trinken. Ich weiß nicht, ob es Gastfreundschaft ist, dass meistens ich gewählt werde, wenn die Würfel Sieben zeigen.

In den Willowbrooks schaffe ich es gerade noch die Treppen des Apartments hinauf und aufs Klo, dann übergebe ich mich mit allem, was ich habe. Und noch mal. Und noch mal. Ich will mich waschen, aber am Waschbecken sacken mir die Beine weg, und ich drehe mich zu Boden. Eine ganze Weile liege ich und schaue auf das Abflussrohr unter dem Waschbecken und auf weiße Fliesen. Eine der Fliesen unterhalb des Beckens sieht ein bisschen merkwürdig aus, irgendwie schief. Ich robbe hin und stelle fest, dass sie mit zwei weißen Klammern befestigt ist, die sich leicht wegdrehen lassen. Die Fliese lässt sich abnehmen, und dahinter gähnt ein Loch. Ich greife hinein und spüre, dass der Hohlraum nach links und rechts weitergeht. Rechts ziehe ich einen Beutel mit blauen Pillen hervor. Ich habe mich nie für Pillen interessiert, aber ich könnte mir vorstellen, dass es sich um das handelt, was man Speed nennt. Links finde ich fünf Platten Haschisch im Format von Schokoladentafeln. Vorsichtig falte ich das Alu auf und atme den Duft ein. Es ist fetter, grüner Shit. Das Problem ist, dass der fette, grüne Shit einem Mann namens Pat gehört. Andererseits ist der Mann namens Pat gerade nicht da, und er scheint über genug Haschisch zu verfügen, um seinen Eigenbedarf damit decken zu können. Ich nehme das Feuerzeug, wärme die Ecke an und biege mir ein kleines Stück herunter. Dann modelliere ich die Ecke neu. Es fällt kaum auf, mit dem Alu darum sowieso nicht. Ich vermerke »ein Gramm von Pat« in meinem unsichtbaren Notizbuch.

Ein lichter Sommertag will unter der Tür hindurch. Ich öffne sie und lasse ihn herein. Frau Feininger hat ihr Tagwerk lautlos begonnen und nicht einen einzigen Frühstückskrümel hinterlassen. Wahrscheinlich wendet sie gerade ihre Waffen auf Major O'Donnerhausen an, und Donnerhausen verspricht ihr »volle Unterstützung«. Ich mache mir einen Kaffee, drehe mir eine Kippe und stelle mich raus auf den Treppengang. Unten auf dem Rasen laufen ein paar Kinder umher, aber ihr Spiel ist von hier oben fast stumm. Gegenüber bewegt sich etwas im mächtigen Rund der Willowbrook Apartments: Eine Frau in Rosa geht mit einem riesigen Milchkanister die Treppe herauf. Zwei Mädchen jagen auf dem Rasen eine Katze namens Caruso. Noch liegt etwas Frisches in diesem Vormittag.

»Gut geschlafen?« Neben mir steht Jenny, in Shorts und Top. Ihre Schultern sind breit. Früher war sie einmal Schwimmerin, hat sie mir gestern erzählt.

»Gut, sehr angenehm, dieses Wasserbett. Wann kommt eigentlich Pat wieder?«

»In ein paar Wochen. Er ist auf Tour.«

»Ist er auch Soldat?«

»Nein, er ist Biker. Ein freier Mann auf einem freien Motorrad. Die Miete geht an mich.«

»Apropos Geld. Ich suche Arbeit. Hast du eine Idee, wo ich anfangen soll?«

»Wahrscheinlich in einem Restaurant, am besten in einem deutschen. Versuch es doch im Old Cologne. Einfach immer die South Nevada Avenue hinuntergehen.«

Und so mache ich es: Ich gehe einfach die South Nevada

Avenue hinunter. Colorado Springs ist nicht für Fußgänger gebaut, das habe ich schnell heraus. Entfernungen sind so angelegt, dass sie nur mit dem Auto zu bewältigen sind. Niemand geht hier zu Fuß von A nach B; ich bin mir nicht einmal sicher, ob die Amerikaner diese Technik überhaupt noch beherrschen. Wenn amerikanische Kinder mit anderthalb Jahren noch keinen Führerschein haben, dann fahren die Eltern mit ihnen zu einem Psychologen. Alle fahren hier. Nur ich gehe. Ich wandere. Ich wandere die South Nevada Avenue entlang, eine der vielen endlosen Hauptverkehrsadern von Colorado Springs. Ich hätte mir Proviant mitbringen sollen, Vollkornbrot, zwei Äpfel, Mineralwasser, so wie man es tut als Wanderer. Das Panorama kann sich sehen lassen: Autohäuser blitzen in der Sonne, Pizza Huts, Pfandleiher. Essen Autos Pizza?, frage ich mich.

Gegen Nachmittag erreiche ich das Old Cologne, einen Leberknödel-Nepp mit blauweißen Eckbänken und Ritterrüstungen neben den Tischen. Eine dralle Frau im Dirndl erklärt mir in gestochenem Berlinerisch, man sei »leider schon voll«.

Doch auf dem Rückweg sehe ich auf der South Nevada eine Autowaschanlage. Sie ist mir vorher nicht aufgefallen, obwohl ich gleich am Anfang an ihr vorbeigekommen sein muss. Auf dem Vorplatz des Car Wash reiben zwei Männer einen Straßenkreuzer trocken. Ich frage den mit der Kappe, wo der Boss ist. Er deutet mit dem Kinn in die Anlage hinein, wo riesige Borstenwalzen gerade den nächsten Wagen ausspucken. Der Boss heißt Al, ein kleiner, untersetzter Typ mit gnomenhaften Zügen. »Warum gehst du nicht ins Büro und holst dir Bewerbungsunterlagen?« Er näselt ein bisschen, und seine Fähigkeit, Sätze in die Länge zu ziehen, liegt signifikant über dem US-Durchschnitt. Das Formular hat nur eine Seite. Ich trage meinen Namen ein, die Adresse und irgendeine Versicherungsnummer. Al überfliegt das Ganze und meint, ich solle morgen um acht vorbeikommen.

Mit wunden Füßen schleppe ich mich nach Hause, wuchte mich die Treppe hinauf und öffne die Tür. Frau Feininger sitzt auf dem Bett und balanciert eine Kladde auf den Knien.

»Sieg bei Marathon«, verkünde ich.

»Warum gleich so verständlich, Herr Hoffmann?«

»Ich habe einen Job gefunden.«

»Das ist schön für Sie. Ich hoffe, es handelt sich um einen ordentlichen Unterschichtenjob.«

»In einer Autowaschanlage.«

»*Down and out im Car Wash.* Bei der Rundschau scharren sie sicherlich schon mit den Hufen«, feixt Frau Feininger und schreibt weiter.

»Schlechte Laune? Schlechte Nachrichten von Major Donnegal?«

»Es gibt komplizierte Sicherheitsvorschriften bei der Armee. Offensichtlich kann man nicht einfach in eine Garnison einmarschieren und alle zum Fragebögenausfüllen antreten lassen. Major O'Donnehue, im Gegensatz zu Ihnen ein Mann von tadellosen Umgangsformen, hat mir aber erklärt, er werde alles Erdenkliche zu meiner Unterstützung tun.«

»Mit anderen Worten, er hat Sie zum Essen eingeladen.«

»In der Tat, das hat er. In ein Restaurant. Und ich meine ein richtiges Restaurant.«

»Sie sind eine so gut wie verheiratete Frau.«

»Ich bin mir dieses Umstands sehr wohl bewusst. Und jetzt muss ich Sie bitten, entweder das Bad aufzusuchen oder das Apartment zu verlassen, ich möchte mich für den Anlass umziehen. Nebenan finden Sie sicherlich Anschluss.« Sie deutet in Richtung Jennys Apartment, aus dem die Minutemen dringen, »Dr. Wu« vom Album *Double Nickels on the Dime*, wenn ich mich nicht irre. Ich werfe mich aufs Bett und schnappe mir mein Buch. »Fühlen Sie sich ungestört. Ich werde nicht hinschauen. Aber fangen Sie früh mit dem Umziehen an. Wenn Sie Ihre Kleider so auswählen wie Ihr Gemüse, dann könnten Sie zu spät kommen.«

»Wie gewöhnlich Sie sind. Und ein Dieb dazu. Sie schulden mir neunundvierzig Cent für den Joghurt, den Sie mir weggegessen haben. Und wenn Sie sich heute Nacht wieder übergeben, weil sie den Umgang mit Alkohol nicht beherrschen, dann putzen Sie danach gefälligst etwas besser.«

»Sind Sie sicher, dass Sie nicht auch einmal kotzen wollen?«

»Ich bin durchaus in der Lage zu ›kotzen‹, wie Sie es nennen. Vielleicht kann ich es nicht ganz so gut wie Sie, aber meine Fähigkeiten auf diesem Gebiet geben mir keinen Grund zur Sorge. Und nun hören Sie zu. Da es wegen der Messe in dieser Stadt unvermeidlich erscheint, dass wir uns die nächsten Tage dieses Dach über dem Kopf teilen, habe ich einen Putz- und Spülplan ausgearbeitet.«

Frau Feininger löst die Klammer ihrer Kladde, zieht von weiter unten her einen Zettel heraus und überreicht ihn mir. Er sieht aus wie ein Stundenplan in der Schule. Alles ist genau darauf verzeichnet. Wochentage, Küchenflächen, Klobrillen, Abwasch, und mein Name steht auch darauf. Mittwoch Abwasch Hoffmann.

»Ich gehe dann mal rüber zu Jenny.«

Eigentlich habe ich heute Abend gar keine Lust auf Soldatensoiree. Aber noch weniger Lust habe ich auf Frau Feiningers Putzplan.

Wie sich herausstellt, komme ich den Nachbarn sehr gelegen. Doug und Carla sind wieder da, außerdem zwei Steves, eine Marianna und ein Rick. Trotz des großen Aufgebots ist die Stimmung eher gedämpft; es herrscht Mangel an Sti-

mulantien, und da komme ich mit meinem frisch von Pat ge-
borgtem Brösel gerade recht. Schnell kreist ein Joint, und die
Wertung fällt positiv aus. Ein guter Stoff sei das, ein richtig
guter Stoff. Haschisch sei ja überhaupt recht selten in den
USA, und das hier, das sei ja schon was für Connaisseurs.
»Lass uns ruhig noch einen bauen«, schlägt Doug vor.

Als ich heimkehre, liegt Frau Feininger im Bett und liest
eines ihrer Statistikbücher. »Sehr aufregend kann ihr Ren-
dezvous nicht gewesen sein. Hat Donnermeier sie zu Tode
gelangweilt?«

»Erwähnen Sie nie wieder Donnehue.«

»Lassen Sie mich raten. Keine Unterstützung bei den Fragebögen, aber ein freundliches Angebot, Ihnen beim Ent-
kleiden unter die Arme zu greifen?«

»Sind Sie in der Lage, einmal im Leben den Mund zu halten?«

Und das ist das Letzte, was ich an diesem Tag von Frau
Feininger an artikulierten Lauten höre. Sie legt ihr Buch
beiseite und sinkt in den Schlaf wie ein Stein auf den Mee-
resgrund. Der Schlaf gibt ihr etwas Helles, Lunares. Ich
mag es, wie sie ihren Kopf in den Nacken legt, und ich mag
den feinen Schwung ihrer Lippen. Frau Feininger verströmt,
wenn Sie schläft, eine Anziehungskraft, die in scharfem Kon-
trast zum wachen Feiningerwesen steht.

Ich fange gerade an, mich mit der Idee anzufreunden, irgendetwas zu zählen, als sie sich mein Bein ertastet. Sie
packt es mit beiden Händen und presst es sich in den Schritt.
Sie stöhnt. »Frau Feininger? Sie pressen sich gerade mein
Bein in Ihren Schritt. Sind Sie sicher, dass Sie das wollen?«
Aber sie antwortet nicht. Sie entspannt sich wieder und
schläft weiter. Mein Seelenheil ist in Gefahr.

LIEBE HANNA

Liebe Hanna,

das Leben der Wissenschaftlerin hat seine Härten. Dabei hat meine Recherche in Mississippi unerwartet furios begonnen. Innerhalb eines einzigen Vormittags lagen mir dank der Hilfe eines Einheimischen (ich hatte Dir von ihm erzählt, der Verkehrsunfall, Du erinnerst Dich?) dreizehn Fragebögen vor, samt und sonders ordentlich ausgefüllt und brauchbar für meine Arbeit – knapp zwanzig Prozent der angestrebten siebzig. Im Nachhinein betrachtet, hätte ich hier mehr herausholen müssen, denn in Colorado Springs laufen die Dinge ganz und gar nach Plan: Meine Fragebogenaktion bei der Armee sei der Geheimhaltungs- und Sicherheitsvorschriften wegen mit erheblichem Aufwand und einigem Schriftverkehr verbunden, sagt mein Kontaktmann Major O'Donnehue – ein schwerer Schlag, denn hier dachte ich mindestens dreißig Fragebögen sammeln zu können. Hinzu kommt, dass wegen einer Messe sämtliche Motels belegt sind. Nun lebe ich unter den denkbar ungünstigsten Umständen in einem Apartment, das ich mir mit einem Deutschen namens Viktor teile, der es zur Methode gemacht hat, unter seinen Möglichkeiten zu bleiben. Sein Leben ist von forcierter Planlosigkeit, und selbst ein Eichhörnchen besitzt eine genauere Vorstellung von der Zukunft als er. Er ist voller diffuser Wut auf das System, wie er es nennt, aber er unternimmt nichts, das System zu erschüttern, es zu ändern, es zu entlarven. Er ist einfach ein verzogenes Mittelschichtkind, das es für einen revolutionären Akt hält, Musik zu hören. Seine Ideen sind zu achtzig Prozent altes Hippiegerede und zu zwanzig Prozent auf Hormonüberschuss zurückzuführen. Er will nach Kalifornien und behauptet, er schreibe eine Reportage über das »andere Amerika«, aber bisher raucht er nur Haschisch und hört »Punk 'n' Roll«, wie er es nennt. Vermutlich betrachtet er den Viervierteltakt als die größte Kulturleistung der Menschheit, und Jack Kerouac findet er großartig. »Kerouac hat *On the Road* in drei Wochen geschrieben, auf Benzedrin und einer Endlosrolle Papier«, sagt er, und er sagt es, als läge darin eine besondere Qualität. Aber wenn ich mich recht an die schätzungsweise vierzig Seiten erinnere, die ich von *On the Road* gelesen habe, dann muss es sich bei der Endlosrolle um Klopapier gehandelt haben. Gestern habe ich Viktor gefragt, wie er sich sein Leben vorstelle. Er hat es mir aufgeschrieben. Ich zitiere aus seinem »Manifest«:

– Nebenan darf niemand wohnen, der ständig sein Auto wäscht und Dinge für wichtig hält, die unwichtig sind.
– Man soll in Ruhe Tabak, Alkohol und Marihuana konsumieren können und stets bereit sein, sie zu teilen.
– Man soll lange schlafen können, wenn man will, aber auch ausprobieren, wie es ist, wenn die Sonne aufgeht.
– Man soll jemanden kennen, der ein Auto besitzt und es fahren kann, und an einem Ort leben, an dem man ungestört lesen und Musik in jeder Lautstärke hören kann.
– Man soll stets Kleidung und eine Frisur tragen, die einem angenehm ist. Man soll sich nie verpflichtet fühlen, jemanden zu mögen. Niemand als man selbst darf bestimmen, wie der neue Tag auszusehen hat.
– Es muss einen Ozean vor der Haustür geben.

Wie gesagt, es ist dieser ganze Hippie- oder Beatnik- oder was weiß ich für ein Unsinn. Wer die Miete zahlt und wer den Abwasch macht, solche Fragen interessieren ihn nicht. Aber er ist zweifellos süß und amüsant und manchmal sogar ein bisschen na ja (ich mag es, wie er seine Zigaretten hält), und ich denke, man könnte etwas aus ihm machen. Ja, ich glaube, das ginge.

Ich werde müde, Hanna, ich muss schließen.

Sei umarmt von Deiner
Casbah

CAR WASH

Im Car Wash werde ich als *detailer* eingestellt. Die einzige Aufgabe des *detailers* besteht darin, frischgewaschene Autos trockenzureiben. Al erklärt es mir: »Ihr arbeitet immer zu zweit an einem Wagen, einer links, der andere rechts. Die Windschutzscheibe kommt immer zuerst, dann die Karosserie, dann das Heck. Zum Schluss sind die Reifen dran.«

»Die Reifen auch?«

»Muss ich das einem Deutschen erklären? Natürlich auch die Reifen. Und bei Reifen mit weißen Streifen musst du besonders gut arbeiten.«

»Wo kriege ich die Lappen her?«

Al deutet auf ein blaues Rollwägelchen, auf dem ein Berg feuchter Lappen liegt. Auf dem unteren Brett stehen verschiedene Sprühflaschen mit der Aufschrift *scent.* »Was passiert mit diesen Flaschen?«

»Das ist Flüssigseife für innen. Wenn der Kunde Innenreinigung bestellt hat, sagt er's dir.«

Al drückt mir ein blaues T-Shirt mit der Aufschrift *Water works* in die Hand und teilt mich einer mexikanisch aussehenden Frau namens Rhonda zu. Sie hat irritierend große, bernsteinfarbene Augen, mit denen sie wahrscheinlich schon ein bisschen mehr gesehen hat als ich; da ist so etwas um ihren Mund, und ich meine nicht Mayonnaise.

Unser erster Wagen ist ein grauer Oldsmobile. Rhonda legt großes Tempo vor, und auch auf den beiden Bahnen nebenan wird schon engagiert geschrubbt. »Geht das den ganzen Tag so?«, rufe ich. Aber Rhonda wienert tief unten am Kotflügel herum und hört mich nicht. Vielleicht will sie mich auch nicht hören. Vielleicht sollte ich wirklich eine Reportage schreiben und die Verhältnisse schildern. *Down and out im Car Wash.* Ein investigativer Tatsachenbericht von Viktor Hoffmann, in Auszügen vorab veröffentlicht in der Rundschau oder wo auch immer. Frau Feininger wird staunen, wenn sie später feststellt, dass sie mit dem jungen, aber gefeierten Autor Viktor Hoffmann ein Wasserbett geteilt hat, und sich verfluchen, weil sie ihm keine Gunst gewährte.

Der Besitzer des Oldsmobile schaut mir auf die Finger, während ich die Reifen trockenreibe. Meine Knie tun weh, und dies hier ist erst mein erstes Auto. Ich werde mir ein Notizbuch kaufen und alles genau aufschreiben. Und fotografieren. Vergeblich knie ich nicht im Staub.

Zweimal an diesem Vormittag muss ich eine Innenreinigung durchführen. Innenreinigung ist Quatsch. Man kriecht dabei im Wagen herum und sprüht wie wild um sich. Die Flüssigseife riecht wie Klostein für die oberen Zehntausend, und während man sich verrenkt, um Sitzpolster, Rückspiegel und Aschenbecher zu säubern, macht man mit den Schuhen neue Flecken. Außerdem sind die Fahrkabinen schon vor der Behandlung blitzsauber. Aber ich bekomme zweimal gutes Trinkgeld, insgesamt vier Dollar zwanzig – ein hoffnungsfroher Auftakt für meine Karriere als Autor und bitter nötig, denn ich arbeite für fünf Dollar fünfundvierzig die Stunde. Es wird alles in mein Notizbuch kommen.

Nachmittags zieht der Himmel zu, und es gibt ein bisschen Leerlauf.

»Kannst du kämpfen?«, fragt Rhonda.

»Wenn du so etwas wie Karate meinst, dann Nein. Du?«

Rhonda nickt und fängt an, wild um sich zu treten. Es sieht albern aus. Ich habe den Eindruck, das Vorurteil trifft zu: US-Amerikaner neigen zu Übertreibungen. Wenn sie im Ausland ein Bier bestellen können, dann behaupten sie, sie beherrschten die Landessprache, und wenn sie einen Film mit Bruce Lee gesehen haben, geben sie an, sie könnten Karate.

Rhonda beendet ihre Pantomime wortlos und schaut in die Wolken. »Pass auf, gleich kommt Al vorbei und erklärt, dass er eine Bahn zumacht. Er kann es einfach nicht sehen, wenn seine Sklaven nichts zu tun haben. Hast du zufällig was zu rauchen, Deutscher?« Sie schaut mich herausfordernd an. Ihr Blick sagt: Ich kann mir zwar nicht vorstellen, dass ein Typ mit so einer Osterhasenbrille Dope hat, aber mir ist gerade langweilig, und sonst ist niemand hier, mit dem man Spaß haben könnte.

Habe ich etwas zu rauchen? Ja, habe ich. Das Dope gehört zwar nicht mir, sondern einem wilden Motorradfahrer, aber der wilde Motorradfahrer kommt erst in ein paar Wochen wieder. Und bis dahin bin ich schätzungsweise längst hier weg.

»Deutscher? Hallo?« Rhonda schaut mich fragend an.

»Yep, ich hab was zu rauchen. Aber nicht hier.«

Rhonda deutet auf den Pikes Peak. »Lass uns in die Berge fahren, wir werden bestimmt bald nach Hause geschickt. Sieh mal, da kommt er schon.«

Al hat seine Stirn in Falten gelegt. »Okay, Leute, wie ihr seht, ist nicht viel los. Wir machen mit nur einer Bahn weiter. Geht in den Aufenthaltsraum und wartet.«

Die Fahrer und *detailer* der beiden geschlossenen Bahnen gehen in den Aufenthaltsraum.

Eintrag im bislang nur gedachten Notizbuch:

Die blanken Wände des Raums sind gelb gestrichen, und ringsum verlaufen Sitzbänke aus Holz.
In der Ecke neben dem Eingang stehen ein Getränkeautomat, ein Süßigkeitenautomat und ein Tisch mit einer Kaffeemaschine darauf.

*Eine Reihe schmaler Fenster lässt etwas Tageslicht
herein, aber ohne die Kellerleuchte an der Decke wäre
es ziemlich düster. Schweigen.*

Ich nehme neben Rhonda Platz. Im rechten Winkel zu uns
sitzen die beiden Fahrer, einer von ihnen wird Will gerufen.
Er sieht aus wie ein freundlicher Haifisch aus einem mexika-
nischen Comic, sein Kollege wie ein unterernährter Wasch-
bär. Ein bärtiger Dicker sitzt hier, eine Frau mit tiefen Falten, daneben sitzen noch ein paar andere *detailer*. Es scheint
niemanden zu interessieren, dass ich neu bin. Rhonda drückt
ihren Rücken durch und zieht sich das T-Shirt über den Kopf.
Sie hebt ihre linke Brust an und deutet auf einen kleinen
blauen Schmetterling. »Wie gefällt euch mein Schmetterling,
Leute?«

Ich will gerade Beifälliges äußern, als Al hereinschaut.

»Es regnet, Leute. Wer auf Abruf war, kann gehen. Neue
Tätowierung, Rhonda?«

»Was meint er mit ›auf Abruf‹?«

»Es gibt zwei Möglichkeiten«, sagt Rhonda. »Entweder
du stehst auf dem Plan oder du bist auf Abruf. Wenn du auf
Abruf bist, musst du morgens anrufen und fragen, ob du gebraucht wirst. Wir *sind* auf Abruf. Lass uns fahren.«

Rhonda kennt die Willowbrook Apartments; sie wartet im
Auto. »Bin gleich wieder da«, sage ich und renne los. Unter-
wegs kommt mir Jenny mit einer Einkaufstasche entgegen.
»Hey, hey, junger Mann. Hast du morgen Zeit? Ich feiere
Geburtstag. Casbah kommt auch.« Hört, hört, die feine Frau
Feininger verlässt ihr Zimmer.

»Wann geht es los?«

»Gleich mittags. Carla hat etwas für mich vorbereitet.«

»Ich hoffe, ich kann kommen. Vielleicht muss ich aber
auch arbeiten.«

»Dann komm eben abends dazu.«

Als ich die Tür zu unserem Apartment öffne, sehe ich sofort, dass sich etwas verändert hat. Es steht jetzt Frau Feiningers Camping-Ensemble darin: der Tisch und die beiden Stühle. Frau Feininger sitzt gerade Probe und rückt die Fragebögen in die Mitte des Tisches.

»Erwarten Sie Gäste, Frau Feininger? Hat Major Dongeldongel sich bereiterklärt, alle Bögen allein auszufüllen?«

»Was Sie hier sehen, ist mein Büro. Ich weiß zwar noch nicht, wie, aber seien Sie versichert, es wird sich bald mit Leben füllen. Sind Sie in Eile? Ist Ihnen in den Sinn gekommen, dass sie heute mit dem Putzen dran sind?«

»Das war mir kurzzeitig entfallen. Danke, dass Sie mich daran erinnert haben.« Und damit stürme ich das Klo. Ich wärme das Dope an, breche etwa fünf Gramm ab und hechte die Treppe hinunter.

Weiß erhebt sich der Pikes Peak über Colorado Springs, ein echter Viertausender. Rhonda fährt zur Stadt hinaus und immer auf ihn zu. Die Sonne hat sich durchgesetzt, alles erscheint in klarem Licht. Bald schraubt sich der Honda über verwegene Serpentinen in Richtung Gipfel, am Straßenrand schimmert Sand. Zu meinen Füßen rollt ein Styroporbecher herum. Die Luft wird immer kühler; wenn es steil wird, heult der Motor auf.

»Rhonda und ihr Honda. Da ist bestimmt noch keiner vor mir draufgekommen.«

»Nein, du bist der Allererste.« Wenn mich nicht alles täuscht, hat Rhonda kurz gelächelt. Sie steuert in einen weiten, staubigen Talkessel, umgeben von wuchtigen Gipfeln. Hier oben steht die Luft still, und die Sonne kann ihre ganze Kraft entfalten. Langhaarige spielen im T-Shirt Frisbee oder liegen auf Matten im Sand, rauchen und trinken Bier.

Aus den herumstehenden Campingbussen wummert Musik aus den neunzehnhundertachtziger Jahren.

Etwas abseits im Windschatten eines Felsblocks beginne ich mit den Bauarbeiten. Es gibt Leute, die beherrschen diese Kunst: einen Joint so beiläufig zu drehen, dass man es kaum merkt. Sie reden einfach weiter, während sie Blatt an Blatt kleben, einer Kippe den Hals umdrehen und sie zerbröseln, das Haschisch anfackeln, es verteilen und so weiter. Ich gehöre nicht zu diesen Leuten, ich muss mich ganz auf mein Tun konzentrieren. Ab und zu kommen dann ein paar schöne Tüten dabei heraus. Diese hier wird ganz gut. »Bitte«, sage ich, überreiche Rhonda mein Werk und zünde es ihr an.

»Was machst du eigentlich in den Staaten, Viktor aus Deutschland? Du willst mir doch nicht erzählen, dass du gekommen bist, um in einem Car Wash zu arbeiten.«

»Ich schreibe eine Reportage.«

»Für wen?«

»Für eine Zeitung oder so.«

»Weiß die Zeitung oder so davon?«

»Nein.«

Rhonda gibt mir den Joint zurück. »Gut. Gutes Zeug. Wir rauchen hier ja sonst eher Gras. Verkaufst du?«

Eine Frage, mit der Rhonda nicht lange allein bleibt. Ein langhaariger Typ streicht schon eine ganze Weile um unseren Platz, schaut ab und zu rüber, um zu sehen, ob er richtig gerochen hat. Bei der zweiten Tüte steht er bei uns und stellt sich als Mike vor. Ich habe keine Lust auf die Gesellschaft von Mike, der wie eine trübe Tasse aussieht, aber der Komment will es, dass er mitrauchen darf. »Guter Stoff«, sagt er, »wirklich gut. Wir rauchen hier ja eher Gras. Hast du noch mehr davon?«

»Gib mal deine Telefonnummer.« Er schreibt sie mir sofort auf. Ich sehe mich hübsches Geld verdienen.

Zu Hause sitzt Frau Feininger an ihrem Campingtisch und liest. Ihr gegenüber sitzt niemand. »Nichts los im Soziologiebüro?«

Frau Feininger antwortet nicht.

IHR HASCHISCH KOMMT GUT AN

Jennys Geburtstag fällt auf einen sonnigen Tag. Ich rufe im Car Wash an und frage, ob ich kommen soll, aber Al sagt, ich werde heute nicht gebraucht. Frau Feininger packt Jenny eine CD ein und kräuselt das Geschenkband mit der Nagelfeile. Wenn ich es richtig gesehen habe, ist es eine CD mit Schubert-Liedern darauf. »Meinen Sie, Jenny wird sich über ihr Geschenk freuen?«

»Vielleicht nicht von Anfang an. Aber die Chancen, dass sie einen Sinn für wertvolle Musik entwickelt, schätze ich bei ihr höher ein als bei Ihnen.«

»Hat Ihnen mal jemand erklärt, dass ein Geschenk dem Empfänger Freude bereiten soll und nicht dazu dient, den Gebenden als Arschgeige auszuweisen?«

»Und hat Ihnen mal jemand erklärt, dass man sich aus den Geschenken anderer Leute heraushalten soll? Was schenken Sie denn?«

»Zehn Gramm Spitzenhaschisch, verpackt in Aluminium-Geschenkpapier.«

Gegen Mittag steigen Frau Feininger und ich ein Stockwerk höher zu Carla und Doug. Carla hat sich ordentlich die Nase gepudert und zum Bratenbuffet für Jenny geladen. Die Frauen tragen helle Leinenhosen zu dunklen Blusen, die Mädchen Spangen in den Zöpfen, die Buben neue T-Shirts. Die Männer haben auch irgendetwas an. Kinderkinder, es gibt Geburtstagskuchen zum Nachtisch! Mein Geschenk hat Jenny gleich in Betrieb genommen; es kreisen etliche Joints in der Gesellschaft. »Wirklich ein guter Stoff« ist ein Satz, den man ausgesprochen häufig auf Jennys Geburtstagsparty hört.

»Ihr Geschenk scheint Anklang zu finden«, bemerkt Frau Feininger. Irgendetwas daran gefällt ihr – sie lacht und wippt auf ihren Mondlandefährenbeinen. Ich möchte, dass sie sie um mich wickelt, sofort.

Nachmittags zieht die Gesellschaft zu Rick dem Biker um, einem wilden Motorradfahrer mit einem Vollbart, einer Nickelbrille und einer Wohnung von partytauglicher Größe. Ich setze mich auf einen Reissack in der Ecke und lasse mir von Jenny die vollständigen Namen und die Dienstgrade der Gäste ins Notizbuch diktieren. Namen sind wichtig für Geschichten. Fotos vielleicht auch. Auf einer Party fällt es nicht groß auf, wenn jemand knipst. Es gibt einige Motorradfahrer auf der Feier, die alle fast genauso wild wie Rick der Biker sind. Nämlich: einen anderen Rick (Weller, Private First Class), zwei Scotts (Cosworth, Private; Finch, Private First Class) und zwei Waynes (Dwane, Master Sergeant; Porter, Private). Als alle da sind, ziehen sich die Biker wie auf ein geheimes Signal hin die T-Shirts aus und heißen auf diese Weise alle willkommen, deren Namen nicht doppelt vertreten sind oder deren Brust keine Harley-Davidson-Tätowierung schmückt. Die Musik ist sehr laut. »Warst du schon mal in Deutschland?«, frage ich einen der Ricks. »Ja, gute Frauen. Machen es sogar mittags. Und gutes Bier.« Das ist eine Unterhaltung, die ich an diesem Abend häufiger führe.

Eine Frau setzt sich zum wilden Rick auf den Schoß und frisiert ihm die Brustbehaarung. Scott I stülpt sich eine Lockenperücke über, Scott II steht auf einem Bein, und ein Charakter namens Ricardo muffelt, weil die blöden Zigarettenblättchen nicht richtig aneinanderkleben. Wayne I spielt mit den Kindern. Er hat eine Batman-Maske auf und telefoniert mit einem Sesamstraßentelefon. Ich denke an Pat, den Motorradfahrer, den ich mir so ähnlich vorstelle wie die Biker auf dieser Gesellschaft, und dessen Haschisch ich hier gerade so großzügig in Umlauf gegeben habe. Er fährt jetzt wahrscheinlich gerade dort draußen in den Weiten der USA herum, und manchmal denkt er an seinen schönen, schönen Haschischvorrat. Und wenn er an seinen Haschischvorrat denkt, dann lacht sein Herz. »Was ist Pat eigentlich für ein Typ?«, frage ich Jenny. »Ziemlich schweigsam. Ziemlich riesig. Passt mir bloß auf seine Orchidee auf. Ihr habt doch nicht etwa vergessen, die Orchidee zu gießen?«

»Keine Sorge«, sage ich.

Frau Feiningers hochgeklammerter Haarschopf hüpft von Zimmerecke zu Zimmerecke, von Raum zu Raum. Sie unterhält sich angeregt mit den Soldaten, und die Soldaten schauen ihr angeregt in den Ausschnitt. Irgendetwas hat sie vor. Eine Frau Feininger mischt sich nicht einfach so unters Volk und flirtet.

Dann nennt Daves Frau Carla eine Saint-Louis-Hure, weil Carla mehr Whiskey konsumiert hat, als ihr nach Ansicht von Daves Frau zusteht. Carla nennt Daves Frau eine Kansas-City-Hure und semmelt ihr eine rein, woraufhin Jesse, James und Bill um ein Haar Doug aufmischen, weil er seine Lebensgefährtin nicht zurückgehalten hat. Es entsteht ein lokal begrenztes Handgemenge, das sich erst auflöst, als die Nachricht die Runde macht, dass Wayne II auf einem 7-Eleven-Parkplatz mit vollen Bierdosen nach seiner Frau wirft. Jenny, Doug und Carla springen auf und rennen zum Parkplatz. Ich komme meiner Reporterpflicht nach und sichere mir einen Platz im Auto. Als wir am Tatort ankommen, knüppeln zwei Polizisten auf Wayne II ein. Da bringt es nichts, sich mit einem »Ja Leute, sind wir denn hier im Kindergarten?« einzumischen. Stattdessen kritzle ich Seite um Seite voll und vermerke, wer auf dieser Geburtstagsfeier wen verdroschen hat. Meine Kamera blitzt und blitzt. »Haben Sie's im Kasten?«, fragt Frau Feininger.

Zu Hause fragt sie mich, wie viel ein Gramm Haschisch kostet. Ich bin mir nicht ganz sicher, worauf Frau Feininger hinauswill, aber ich habe eine Ahnung und nenne vorsichtshalber den doppelten Preis.

»Haben Sie dreißig Gramm vorrätig?«

»Nein, aber ich will sehen, was ich tun kann.«

LIEBE HANNA

Liebe Hanna,

die Wissenschaft soll der Wahrheit dienen. Wie weit darf
sie dafür gehen? Sind alle Mittel zulässig, wenn es darum
geht, Licht ins Dunkel der Welt zu bringen? Darf ich das
Gute um den Preis des Bösen tun? Anders gefragt: Würde
mein Professor meine Exmatrikulation veranlassen, wenn
er erführe, dass ich Haschisch verkauft habe, um Informationen über das Planungsverhalten von Unterschichtsange-
hörigen in den USA zu bekommen? Ich lege Wert auf den
Konjunktiv, denn noch habe ich nichts dergleichen getan.
Aber bitte: Würden die Antworten etwa anders ausfallen,
wenn ich kein Haschisch dafür ausgäbe? Machte es einen
erkenntnistheoretischen Unterschied? Hanna: Ehrlich gesagt – und wie auch sonst? – habe ich den Verdacht, dass
ich ohne einen materiellen Anreiz von meiner Klientel
überhaupt keine Antworten erhalten würde, und Haschisch
steht hier hoch im Kurs (es scheint schwieriger erhältlich
zu sein als Marihuana, falls Dir der Unterschied geläufig
sein sollte). Hast Du einmal Haschisch konsumiert? Ich
noch nie, und es hat mich auch nie gereizt. Wenn ich Herrn
Hoffmann (ich schrieb Dir von ihm) glauben darf, dann
fehlt mir, ohne »einmal stoned gewesen zu sein«, ein ent-
scheidender Schritt in meiner Menschwerdung. Er ist über-
zeugt, dass ich sofort von meinem »Treiben« (Hoffmann)
ablassen würde, was genau meine Befürchtung ist und
gleichzeitig der Grund, weswegen ich kein Haschisch rauchen mag, abgesehen davon, dass ich wahrscheinlich wüst
husten müsste und man nie genau weiß, welche Krankhei-

ten derjenige hat, der vor einem am sogenannten »Joint« gezogen hat. »Sie werden sich mit einem Mal den wichtigen Dingen zuwenden«, behauptet Herr Hoffmann. Nichts anderes dachte ich bereits zu tun, doch als ich das meinem Reisebegleiter sagte, hat er nur sein Grübchenlächeln gelächelt. Ich vermute, und ich sage das ohne Eitelkeit, er möchte mit mir schlafen. Er gibt sich Mühe, mir nicht auf die Brüste zu schauen, was ehrenwert ist, aber er kann seine Begierde wie die meisten Männer nur schwer verbergen. Ich gebe zu, dass ich mir neulich Sex mit ihm vorgestellt habe, allerdings ohne Haschisch und Rock 'n' Roll. Es war mir keineswegs unangenehm. Herr Hoffmann besitzt einen recht feingliedrigen, gutgeformten Körper* und verfügt, ich gebe es widerwillig zu, über einen gewissen Witz. Und er weiß sogar, wo man in Colorado Springs Haschisch herbekommt.

Hanna, sei herzlich umarmt und gedrückt. Ich werde Dir weiterhin treu und offen von meinen Abenteuern berichten.

Beste Grüße,
Deine Casbah

* Du weißt ja: Männer haben einen Körper, Frauen *sind* ihre Körper.

Es wird heiß, und ich stehe im Car Wash oft auf dem Plan. Wenn wir fünfhundert Autos vor zwölf Uhr schaffen, wird ein Sonderbeauftragter losgeschickt, und jeder bekommt einen Sonderangebots-Hamburger umsonst. Sie sind kalt, bevor wir sie essen können, denn eine Mittagspause ist nicht vorgesehen. Abends habe ich stinkende Füße. Ich bin in einem fremden Land, und abends stinken meine Füße. Wenn ich nach Hause komme, sitzt jedes Mal ein Unterschichtangehöriger an Frau Feiningers Campingtisch, manchmal schmoren dort sogar Paare und füllen ihre Bögen parallel aus, sachkundig angeleitet von einer Frau Feininger, deren Wangen durch den kleinen *succès* auf geradezu idiotische Weise glühen. Es hat sich schnell herumgesprochen, dass Sister Feininger ein halbes Gramm Haschisch pro Fragebogen zahlt. Wenn ich Zweifel an der Seriosität ihrer Vorgehensweise äußere, schnaubt sie verächtlich und fordert mich auf, nicht »solch ein verdammter Mentaltroglodyt« zu sein. »Medikamentenversuche werden schließlich auch bezahlt«, sagt sie.

Mit letzter Kraft notiere ich Dinge wie diese:

– *Im Car Wash hat der Manager gewechselt. Al ist von einem Tag auf den anderen verschwunden, seinen Job hat ein Mann namens Don übernommen, ein kleiner drahtiger Typ mit Schnauz, der einen Salto rückwärts aus dem Stand kann. Einmal präsentiert ihm eine detailerin namens Patty die Tätowierung in ihrer Achselhöhle: Eine Frau spreizt die Beine. »Haha, das ist wirklich mal 'n gutes«, lacht Don. Er kann sich gar nicht einkriegen und fordert jeden, der gerade an ihm vorbeiläuft, auf, sich Pattys*

Tattoo anzusehen. »Das ist doch wirklich mal 'n gutes,
oder?«

– *Im Car Wash arbeiten jetzt zwei sogenannte aktive Chris-*
  ten. Sie verteilen kleine Heftchen mit Zeichnungen, die
  einem den Weg in den Himmel zeigen. Ein anderes Heft-
  chen zeigt den Weg in die Hölle. Die Toten bekommen
  beim Jüngsten Gericht einen Film ihres Lebens gezeigt.
  Jede nur erdenkliche Sünde wird vorgeführt, zum Bei-
  spiel jene vom Mann, der beim Gottesdienst an die Sport-
  schau denkt. Auf der letzten Seite werden alle Sünder in
  ein großes Flammenmeer geworfen.

– *Frau Feiningers nächtliche Attacken treten offensichtlich*
  immer an zwei Nächten hintereinander auf, dann herrscht
  wieder zwei bis drei Tage Ruhe.

– *30 g an Rhondas Freundin Snappy verkauft*

– *20 g an Mike (Begegnung in den Bergen) verkauft.*

– *verschiedene kleinere Mengen an verschiedene Leute*
  verkauft

Nach einer Woche meldet Frau Feininger, dass die Achtzig-
Bögen-Marke überschritten ist. »Und längst nicht alle sind
Soldaten. Selbst wenn ich die Mittelschichtkinder mit den
Skateboards rausrechne, die wer weiß wie von meiner Ak-
tion erfahren haben, komme ich noch auf gut neununddreißig Prozent Nichtarmeeangehörige, Tendenz steigend. Schön
wären noch ein paar Arbeitslose.«

Ich bin da weniger wählerisch. Dem Kapital ist es egal,
womit es sein Geld verdient, und solange mir Frau Feininger
pro Bogen das Doppelte des Marktüblichen für Haschisch
zahlt, will ich ihre Forschung ganz wertfrei betrachten und
mich freuen, dass meine Zulieferindustrie floriert. Die Ex-
propriation der Expropriateure, so ungefähr jedenfalls. »Gestern war sogar einer da und wollte zum zweiten Mal ausfül-

len«, sagt Frau Feininger lächelnd und kantet die Bögen des Tages auf den Tisch wie eine Nachrichtensprecherin.

Ich habe sie noch nie einen Tropfen Alkohol trinken sehen, aber jetzt holt sie eine Flasche Rotwein aus der Küche und stellt sie mit zwei Gläsern auf den Tisch. »Auch ein Gläschen?«

»Was haben Sie vor?«

»Ich will Ihnen ein Angebot machen.«

»Bier haben Sie keins?«

»Bier habe ich keines.«

Frau Feininger setzt sich mir gegenüber und lächelt ein Lächeln, das ihr ganzes Gesicht erfüllt. Sie hat ihre Haare wieder hochgesteckt, was ihren Schwanenhals besser zur Geltung bringt. Sie trägt ihren blickpermeablen Fusselpullover.

»Wie geht es mit Ihrer Reportage voran?«

»Exzellent.« Ich weiß nicht, ob das stimmt. Ich habe keine Ahnung, woran man merkt, dass Reportagen vorangehen.

Frau Feininger faltet die Hände auf dem Tisch.

»Jennifer hat mich heute informiert, dass sie einen Anruf von Pat erhalten hat. Er wird schon morgen Nachmittag zurückkehren, und wir werden das Apartment verlassen müssen.«

»Wo wollen Sie hin?«

»Das steht mir frei. Dies hier« – sie klopft auf die Fragebögen – »war die Pflicht, der Rest ist Kür. Wie sieht es aus? Ich biete Ihnen freie Fahrt an, wenn Sie als mein Berater mitkommen.«

»Heiraten Sie nicht demnächst?«

»Am dreiundzwanzigsten August. Für eine kurze Station reicht es noch.«

»Drogenberatung?«

»Wenn Sie so wollen.«

»Vielleicht stellen Sie sich das etwas einfach vor. Es gibt Orte, an denen man leicht fündig wird, und es gibt Orte, da fällt es schwerer.«

»Haben Sie noch Vorrat?«

»Ich bedaure. Und bis morgen wird sich auch nichts beschaffen lassen, so schnell kriege ich hier nichts.« Was nicht stimmt. Hinter der Fliese liegen noch dreieinhalb Tafeln, aber das muss Frau Feininger ja nicht wissen. »Mit ein bisschen Glück kann ich vielleicht etwas organisieren. Allerdings wird meine Recherche im Car Wash unter der frühzeitigen Abreise leiden. Ich bräuchte dafür Kompensation.«

»Ich bin Studentin.«

»Sie sind eine Studentin mit Leihwagen.«

»Das tut nichts zur Sache.«

»Hundert Dollar.«

»Zweihundert.«

»Hundertfünfzig.«

»Deal.«

An meinem letzten Arbeitstag wird der Car-Wash-Fahrer Will in die nächsthöhere Kaste befördert. Er darf jetzt ein T-Shirt mit der Aufschrift *Staff* tragen und bekommt einen Dollar mehr pro Stunde. Zur Feier des Tages lädt er mich zu sich nach Hause ein. Er kauft eine CD von den Doors und schärft mir ein, dass ich Respekt vor seiner Frau Tracy haben soll. Ich verspreche es, aber dann fängt Will an, den Alabama-Song zu singen und tut alles, mir meinen Sinn für Respekt zu nehmen. Hauptsächlich aber gibt er mir Bier. Will singt so laut, dass der Hausbesitzer herunterkommt und mit Rausschmiss droht. Seine Frau kommt ins Zimmer und bittet um Ruhe. Will schreit: »Freust du dich gar nicht, dass ich *Staff* bin?« Tracy verschwindet wieder im Schlafzimmer. Will steht auf und tritt das untere Glasquadrat der Tür ein.

IN DIE BERGE

Pat könnte jeden Moment nach Hause kommen; Pat, der Orchideenzüchter, Pat, der Hüne, Pat, der Hüter seiner eigenen Gesetze. Ich stelle mir vor, wie er plötzlich im Zimmer steht, ein Kerl wie ein Turm. Er sagt nichts. Steht einfach nur da, mustert mich aus schmalen Augen, nimmt Witterung auf. Er spürt, dass irgendetwas faul ist. Mit einem Schritt ist er im Bad, nimmt die Fliese ab, sieht, dass Haschisch fehlt. Er zieht einen Kreis der Verdächtigen, und ich stehe mittendrin.

Frau Feininger packt in aller Ruhe. Wenn es hart auf hart kommen sollte, kann sie mit gutem Gewissen aussagen, sie habe nicht gewusst, woher das Haschisch komme. Deswegen habe ich meine Sachen längst beisammen, während sie ihre Unterwäsche nach dem Farbenkreis ordnet und ihre Hosen und Röcke und Blusen im rechten Winkel in ihren Trolley faltet. Ich sitze mit meinem Notizbuch auf dem Wasserbett und ziehe Bilanz. Summa summarum ergibt sich für mich aus Haschischverkäufen ein Gewinn von 2250 Dollar vor Steuern, hinzu kommen zwölf Dollar, die mir von meiner Arbeit beim Car Wash übrig geblieben sind. Macht 2262 Dollar, ein schöner Betrag für einen aufstrebenden Autoren. Ich gehe noch einmal hinüber ins Badezimmer und prüfe erneut die Fliese. Sie sitzt genauso gut wie vor fünf Minuten. »Haben Sie eine Blasenentzündung, Herr Hoffmann?« Ich antworte nicht. Einen Augenblick lang hocke ich in einem sehr kleinen Badezimmer achtzehnhundert Meter über dem Meeresspiegel und frage mich: Warum nicht das ganze Haschisch mitnehmen?

Es klopft. »Herr Hoffmann? Bitte beeilen Sie sich. Ich möchte bald starten.«

»Ich bin längst fertig und nur aus Langeweile auf dem Klo.«

»Dann können Sie sich ja schon an den Hausputz machen.«

Ich prüfe noch einmal den Sitz der Fliese, dann öffne ich die Badtür, vor der mich Frau Feininger mit dem Staubsauger in der Hand erwartet. »Das Stichwort lautet besenrein«, sagt sie.

»Das Stichwort, Frau Feininger, lautet Proviant. Was soll ich aus dem Supermarkt mitbringen?«

»Hat Ihnen niemand erklärt, dass Amerika das Land ist, in dem die Restaurants rund um die Uhr geöffnet sind, Herr Hoffmann?«

»Doch, aber manchmal will man es ja auch ein bisschen schön haben. Ich bringe Ihnen sogar Gemüse mit.«

Als ich zurückkomme, übergibt Frau Feininger das Apartment gerade an Jenny. Es riecht nach Putzmittel, und alles sieht so leer aus wie vorher. Pats Orchidee blüht. Jenny nickt. »Deutsche Wertarbeit, liebe Landsleute. Pat wird zufrieden sein.«

»Ist Pat häufig auf Reisen?«, fragt Frau Feininger. Es ist eine von diesen Verlegenheitsfragen, wie man sie kurz vor einem Abschied stellt.

»Keine Ahnung. Er ist erst vor einem Monat eingezogen und dann gleich auf Tour gegangen. Vielleicht auch besser so. Der Typ, der vorher hier gewohnt hat, wurde erschossen.«

Wir fahren auf dem Highway 25 Richtung Norden nach Denver, im Westen (was links ist) blicken wir auf mächtige Berge. Ich ertappe mich dabei, dass ich »Rocky Mountain High« von John Denver singe, ein Lied, von dem ich immer dachte, dass ich es hasse. Der Himmel steht klar über grünen Grasmatten, Wolken ziehen hell über weiße Gipfel. Es ist einer von diesen Tagen, an denen das Herz offensteht wie ein Scheunentor und man sich zutraut, die Sprache der Tiere zu verstehen. Selbst Frau Feininger kann heute ohne Anspruch sein und summt sorglos vor sich hin. Am Straßenrand steht ein Schild: NO HARD SHOULDER – unbefestigter Fahrbahnrand. Darauf sitzt regungslos ein Bussard und schaut nach überfahrenen Tieren.

Wir haben vereinbart, ab Denver nach Westen zu fahren, Richtung Kalifornien, und uns morgen einen letzten Ort für ihre Forschung zu suchen. Wir fahren, und so geht es immerzu. Ich denke an das restliche Haschisch. Ich hätte es mitnehmen sollen. Was für eine merkwürdige Ethik hat einer, der einen Teil klaut und den andern liegenlässt? Ein Gramm klauen ist wie alles klauen. Und irgendetwas stimmt mit diesem Haschisch sowieso nicht. Irgendetwas sagt mir, dass ich es ohne Gewissensbisse hätte mitnehmen können. Ich komme nur nicht darauf, was es ist.

»Ich bekomme noch Geld von Ihnen, Herr Hoffmann«, sagt Frau Feininger.

»Geld? Wieso? Für was denn?«

»Ich habe mich erkundigt und herausgefunden, dass Sie mir den doppelten Haschischpreis berechnet haben.«

Und sie reicht mir einen Zettel, auf dem sie mir mit ihrer ordentlichen Handschrift die folgende Rechnung aufmacht:

36 Gramm Haschisch à 30 Dollar = 1080 Dollar.
1080 Dollar : 2 = 540 Dollar.

»Zu zahlen in bar«, sagt Frau Feininger.

»Sie sind einfach zum Verlieben, Frau Feininger.«

Frau Feininger schaut mir tief in die Augen. Sie duftet. »Das Geld bitte.«

Ich gebe ihr die fünfhundertvierzig Dollar.

Zum Abend hin fächern sich malvenfarbene Wolken am Himmel auf; Bäche glitzern; um uns herum schimmern Bergriesen. Frau Feininger schließt das Verdeck und legt Akkordeonmusik ein, irgendetwas okzitanisch Schwermütiges. Ich schaue zu ihr hinüber. Eine Locke hängt ihr ins Gesicht, sie summt und blickt zu den Gipfeln.

»Sie grinsen, Herr Hoffmann.«

»Tue ich das?«

»Ja, seit geraumer Zeit.«

»Ich musste an etwas denken.«

»Glauben Sie nicht, dass ich Sie jetzt frage, woran Sie denken.«

»Glaube ich auch nicht. Schauen Sie lieber wieder in die Berge.«

Ich denke daran, wie Frau Feininger sich nachts im Schlaf an mich gepresst hat. Und ich wünsche mir nichts mehr, als dass sie sich heute Nacht wieder an mich presst, aber diesmal mit offenen Augen. Doch das wird Frau Feininger nicht tun, jedenfalls nicht, ohne vorher ins Theater eingeladen worden zu sein oder mich in Dekonstruktivismus abgefragt zu haben. Eine Sekunde lang erwäge ich ernsthaft, ob ich sie ins Theater einladen soll, gleich hier, mitten in den Bergen. Irgendein Theater werden sie hier schon haben. Ich schnappe mir den Straßenatlas und filze unsere Strecke nach kulturverdächtigen Orten. Es gibt Parachute und Loma, Thompson und Green River, was sich nicht nach innovativen Bühnenkonzepten anhört. Oder soll ich Frau Feininger zum Essen einladen? Ihre Vorliebe für amerikanische Restaurants ist mir ja bekannt. Aber dort draußen ist nichts außer Fels und Berg. Die Straße windet sich durch ein Tal, das immer enger wird, die Felswände werden immer höher und verengen sich zu einer Schlucht. Dunkelheit sackt auf uns nieder. Der BMW brummt ruhig und gleichmäßig. Ich stelle mir vor, dass die Rundschau meine Reportage will. Ich stelle mir Frau Feininger und mich am Tisch eines Restaurants mit weißen Stofftischdecken vor. Sie trägt ein rotes Kleid (rot wie die Liebe), ich mein bestes Flanellhemd, und während uns ein Ober, der aussieht wie Nick Cave, Schweinereien serviert, wandern unsere Hände aufeinander zu. Der Ober kommt mit dem Nachtisch, aber wir sind schon gegangen. Er sieht die umgestoßenen Gläser und verzieht das Gesicht kurz zu einem wissenden, traurigen Lächeln. Musik: »The Weeping Song« von Nick Cave.

»Bremsen!«

Frau Feininger tritt in die Eisen. Die Felsen knallen uns genau vor die Motorhaube und bersten im Scheinwerferlicht. Einen Moment lang ist es ganz still. »Rückwärts!«, brülle ich, Frau Feininger legt den Gang ein und setzt gerade noch rechtzeitig zurück, ehe der nächste Schwung abgeht. Aus sicherer Entfernung schauen wir zu, wie Felsen und Schutt auf die Straße schlagen. Nur auf der Gegenfahrbahn bleibt ein Stück frei.

»Es ist ein aufregendes Leben, wenn man auf Reisen ist«, sagt Frau Feininger. Ich schaue zu ihr hinüber, und ihre Augen stehen weit offen.

»Finden Sie?« Meine Stimme hört sich fremd an. Ich muss weiterreden, bis sie wieder wie meine Stimme klingt. »Und Edvard mit v? Ist der auch gerne auf Reisen?«

»Edvard ist ein eher zurückgezogener Mensch. Meinen Sie, es kommt noch was?«

Ich blicke hinauf zu dem Überhang, von dem der Steinschlag sich gelöst hat. »Nein, glaube nicht.«

»Wissen Sie es?«

»Nein.«

»Möchten Sie vielleicht fahren?«

»Ja.«

Ich wechsle auf die Gegenfahrbahn, setzte den BMW an die Lücke und lasse ihn hindurchholpern. Es geht alles sehr einfach. Keine zehn Sekunden später rauschen wir wieder durch die finstere amerikanische Nacht, als sei nichts geschehen.

Frau Feininger schweigt. Starke Wellen branden an meine Küste. Es sind nicht die gewohnten Feiningerwellen der Unerschütterlichkeit. Das kann sie doch nicht mit mir machen! Ich will die alte Gewitterziege Feininger wiederhaben, Tochter aus gutem Haus, Schnatzensoziologin, Erstellerin erstklassiger Putzpläne, und keine Frau, die Schwingungen aussendet, als wolle sie ihr Leben über den Haufen werfen und mit sofortiger Wirkung Banken überfallen. Könnte nicht wenigstens mal der Mond aufgehen?

Ich nehme die nächste Abfahrt. Unser Ort heißt Crossroads, und das einzige Motel am Platz ist das Crossroads Motel, mit einer gewaltigen Leuchtreklame auf dem Dach. Davor breitet sich ein geschotterter Parkplatz in Fußballfeldgröße aus. Es steht nur ein einziges Auto darauf, ein Pick-up, der vermutlich zum Motel gehört. »Scheint beliebt zu sein«, sage ich, aber Frau Feininger antwortet nicht.

Der Motelier hat die Stiefel auf die Rezeption gelegt und sieht fern. Wir sehen zwar nicht, was er sieht, aber es hört sich nach Sport an. Als er uns entdeckt, schwingt er die Beine auf den Boden. Er steht jetzt vor uns wie zum Duell bereit.

»Doppelzimmer, nehme ich an«, sagt er, überreicht mir den Schlüssel und lässt sich wieder in seinen Sessel fallen.

»Könnten Sie die Polizei verständigen? Auf dem Interstate gab es Steinschlag.«

»In der Schlucht?«

»Ja, in der Schlucht. Können Sie es melden?«

»Später, jetzt ist Spiel.«

»Spiel?«

»NBA.«

»Was?«

»Basketball. Sie kriegen jetzt niemanden, der die Straße räumt.«

Wortlos beziehen wir unser Zimmer. Frau Feininger geht duschen. Sie duscht lange. Als sie wieder herauskommt, trägt sie einen weißen Bademantel und einen Handtuchturban. »Ist frei«, sagt sie leise. Dann dusche ich. Unter der Dusche fällt mir ein, was ich über das Haschisch hinter der Fliese denke. Ich denke, dass es vielleicht gar nicht Pat gehört. Wahrscheinlich weiß er nicht einmal etwas vom Haschisch in seinem Bad, weil das Haschisch in Pats Bad dem Mann gehört, der vorher darin wohnte und erschossen wurde. Pat hat das Versteck gar nicht entdeckt. Er hat sein Apartment bezogen, seine Orchidee aufgestellt, und dann hat er sich auf sein Motorrad geschwungen und ist losgefahren, ein freier Mann auf einem freien Highway. Wenn ich mich beeile, dann hat Pat das Versteck vielleicht immer noch nicht entdeckt. Ich muss zurück in die Willowbrooks, gleich morgen.

Im Bett kann ich nicht schlafen. Frau Feininger kann auch nicht schlafen. Es fehlt das Zucken, mit dem sie sich normalerweise in den Schlaf katapultiert, und ich höre auch kein Feiningersäuseln. Ich spüre, dass sie vibriert.

»Schlafen Sie, Herr Hoffmann?«

»Und Sie?«

»Ich denke nach.«

»Worüber?«

»Ich frage mich, ob ich mein Leben ändern soll. Soll ich?«

»Auf keinen Fall. Sie haben nur Panik, weil sie in fünf Tagen heiraten.«

»Sie sind ein Arschloch.«

»Das Arschloch muss Ihnen mitteilen, dass es morgen nicht mit ihnen weiterfahren kann.«

»Warum?«

»Weil ich meinen Reisepass in Colorado Springs vergessen habe.«

»Möchten Sie mit mir schlafen?«

»Ja.«

Sonne kitzelt meine Nase. Ich liege im Bett und fühle mit jeder Faser meines Körpers Frau Feininger. Frau Feininger duscht. Ich erwäge, ob ich mich in sie verliebt habe. Es wäre mir lieber, wenn ich mich nicht in sie verliebt hätte, denn sie wird in vier Tagen Eddimann heiraten.

Frau Feininger lehnt nackt im Türrahmen. Sie trägt schon wieder ein zum Turban gebundenes Handtuch um den Kopf.

»Werden Sie mich vermissen?«, fragt sie.

»Ja, ich werde Sie vermissen. Viel mehr als Sie mich. Sie werden Ihre Hochzeitspanik überwinden, Sie werden Edelbert heiraten, okzitanisches Akkordeon hören, eine berühmte Soziologin werden, und spätestens übermorgen werde ich für Sie versunken sein wie Atlantis.«

»Glauben Sie das?«

»Ja, das glaube ich.«

»Dann gehen Sie jetzt besser.«

Ich gehe. Aber ich glaube es nicht.

LIEBE HANNA

Liebe Hanna,

was soll man von einem Mann halten, dessen Unterhosen
Sterne zieren und der überhaupt nur vier davon besitzt?
Der schon zum Frühstück raucht, der im Schlaf »Clap your
hands, Tschaikowski!« ruft, ihn aber wach kaum von einem
Schostakowitsch unterscheiden kann? Nicht viel, oder?
Und doch habe ich, ohne zu zögern, ein Motelzimmer mit
ihm geteilt und dafür gesorgt, dass ich ihn wenigstens einmal ohne seine alberne Sternenunterhose erlebe, bevor er
sich auf den Weg macht. Herr Hoffmann, und von niemandem sonst ist die Rede, hätte mich von sich aus wahrscheinlich nicht in die Lage dazu versetzt, weil er der schüch-
ternste Snob der Welt ist. Aber er hat Instinkt, und er ist von
einem geradezu altmodischen Feingefühl (jedenfalls in der
Ouvertüre).
Gerade ist er abgereist. Ich vermisse ihn, Hanna, ich vermisse ihn so sehr, dass mir schlecht davon wird. Ich weiß,
dass dieser Brief Dich mit vielen Fragen zurücklassen wird,
aber ich bin noch nicht dazu imstande, alle Implikationen
der letzten Nacht durchzugehen.

Herzlich: Deine Casbah

PS 91 Fragebögen! – Genug für meine Magisterarbeit und
eine gute Grundlage für die Promotion. Ich gestehe, dass
ich für diesen Erfolg Haschisch verschenken musste, aber
ich habe es zu wissenschaftlichen Zwecken getan und das
Rauschgift zu keinem Zeitpunkt selbst konsumiert.

IN DAS BADEZIMMER DES LÖWEN

Die ganze Busfahrt über schaue ich aus dem Fenster. Es ist ein grauer Sommertag, und in den Bergen hängen Wolken. Ob Frau Feininger Edvard Eddi nennt? Ich bin mir sicher, dass der eher zurückgezogene Eddi eine Cordjacke trägt und ein Wachsgesicht hat und wässrige Augen. Wie kann ich Frau Feininger diesem Grottenolm kampflos überlassen? Sei Realist, ermahne ich mich. Du könntest es nie mit einer Frau aushalten, die immer alles richtig macht, und Frau Feininger würde es nie mit einem Off-Off-Broadway-Literaten wie dir aushalten.

Ich schaue aus dem Fenster. Manchmal denke ich nicht an Frau Feininger. Dann denke ich an das Depot hinter der Fliese. Wahrscheinlich ist es wahnsinnig, sich mit einem Rocker wie Pat anzulegen. Andererseits tut mir ein bisschen Wahnsinn vermutlich gut. Das ist Frau Feiningers Schuld.

In Denver muss ich umsteigen. Weil der Bus nach Colorado Springs erst um halb elf abfährt und ich mich nicht am Busbahnhof langweilen will, gehe ich in die Stadt zu den Wolkenkratzern. Sie beäugen mich misstrauisch durch ihre Spiegelglasbrillen. Es hat geregnet in Denver, aber jetzt setzt sich die Sonne gegen die Wolkenberge durch und taucht alles in funkelndes Licht.

In der Fußgängerzone flanieren versprengt gutfrisierte Paare. Es gibt nur zwei Möglichkeiten, draußen zu sitzen: vor einer Bar oder vor einem Café. Von einem Tisch vor der Bar ruft ein massiger Indianer mit Strohhut zu mir herüber: »He, Porträt gefällig?« Er deutet auf die Staffelei, die an dem leeren Stuhl neben ihm lehnt. »Setz dich, ich lade dich ein.«

»Ich will kein Porträt.«

»Könntest du mir trotzdem ein Bier zahlen?«

Kann ich. Und tue ich auch.

»Killcrow«, stellt sich mein neuer Bekannter vor. »Vom Stamm der Sioux.«

»Lebst du in Denver?«

»Nein, nein, ich besuche nur meine Verwandten. Eigentlich lebe ich in Tennessee. Weißt du, ich male die Plattencover für Hank Williams. Willst du jetzt ein Porträt?«

»Nein.«

»Könntest du mir trotzdem noch eins zahlen?« Beim dritten Bier wird es kühl, und Killcrow meint, wir sollten in eine andere Bar gehen, auf der Colfax Avenue oder so ähnlich. In dieser Bar trifft Killcrow einen anderen Indianer. Die beiden bedeuten mir, mit ihnen durch die Hintertür zu gehen. Wir stehen in einem vermüllten Hinterhof, in dem ein Ford Mercury parkt. Killcrow holt einen Joint aus der Hemdtasche und lässt ihn herumgehen. Plötzlich geht die Tür auf, und zwei lärmende Charaktere stolpern in den Hinterhof. »Hände hoch und keine Bewegung«, denke ich. Es sind aber nur zwei Drogenkonsumenten. Der eine zieht wie wild an Killcrows Joint, der andere legt ein Stück Zeitungspapier mit Kokain auf die Motorhaube. Bis auf mich sniefen alle, und die beiden Typen hauen wieder ab. »Lass uns noch ein Bier trinken gehen«, sagt Killcrow.

»Ich muss jetzt zum Bus, Killcrow. Wo wirst du schlafen?«

Killcrow deutet vage um sich. »In der Stadt«, sagt er.

Ich gebe ihm zehn Dollar. »Mach's gut.«

Im Bus nach Colorado Springs überlege ich, wie ich vorgehen soll, um in Pats Badezimmer zu kommen. Das Gute ist: Pat weiß nicht, wie ich aussehe. Das Schlechte ist: Jenny weiß es, und sie wohnt gleich nebenan. Ich weiß nicht, ob Pat weiß, dass Jenny sein Apartment untervermietet hat, aber ich nehme an, sie hat es ihm gesagt und ihm sein Geld gegeben. Ein Problem wäre, wenn Jenny mich bei Pat sehen und begrüßen würde. Dann wüsste Pat, dass ich der Mann bin, der sein Haschisch verkauft, und würde es möglicherweise auf eine Kraftprobe mit mir anlegen. *Wenn* es doch sein Haschisch ist und nicht das seines toten Vormieters. Im Bus nach Colorado Springs überlege ich, ob ich mich als Penner verkleidet vor Pats Tür legen soll. Die passende Fahne hätte ich schon.

Müde folge ich der South Nevada Avenue, derselben alten South Nevada Avenue. Ich weiß, dass es dort ein Motel gibt, auf halbem Weg zwischen Car Wash und Willowbrooks. Ein paar Autos ziehen leise an mir vorbei. Mich fröstelt, vor dem Mond hängen schwere Wolken, sie schimmern kalt in seinem Licht. Plötzlich öffnet sich der Vorhang, und Colorado Springs bekommt einen silbernen Schein. Ich bleibe stehen und schaue. Ich schaue in einen 7-Eleven-Supermarkt und sehe den Mann hinter der Kasse Zeitung lesen, und ich liebe ihn für seine alberne weiße Kappe und dafür, dass er mitten in der Nacht Zeitung liest in seinem frischgeputzten, glänzenden Markt. Vielleicht bin ich betrunken.

EINE ANGELEGENHEIT FÜR HANDWERKER

Neben mir liegt keine Frau Feininger. Neben mir liegt ein Kopfkissen, das zu einem Motelzimmer gehört. Mein Kopf schmerzt, aber ich weiß noch, wie ich hierhergekommen bin. Und ich weiß noch, dass ich vorhabe, in die Höhle des Löwen zu ziehen. Ich schaue aus dem Fenster und stelle fest, dass es ein bedeckter Vormittag ist, es nieselt. Das einzig Helle ist das Chrom der Autos auf der South Nevada; wahrscheinlich kommen sie gerade aus dem Car Wash, frisch geschrubbt von Rhonda, und die Besitzer ärgern sich, dass sie das Wetterpoker verloren haben. Gegenüber annonciert Big City Burrito Riesenburritos für einen Dollar neunzehn.

Ich gehe hinüber, bestelle einen zum Kaffee und versuche einen Plan zu schmieden. Es ist das erste Mal, dass ich auf das Klo von jemandem will, der nicht weiß, wer ich bin, und dabei nicht von seiner Nachbarin erkannt werden darf. Was braucht man dafür? Einen falschen Bart? Gibt es Läden, die falsche Bärte verkaufen? Irgendwo existiert auch in einer phantasielosen Stadt wie Colorado Springs ein Klebebart, da bin ich mir sicher. Gerade hier. Aber ich habe keine Lust, ihn zu suchen. Und ich habe auch keine Lust zu warten, bis mir ein Bart gewachsen ist. Dies hier ist keine Bart-Angelegenheit. Es handelt sich eher um eine Handwerker-Angelegenheit, und um eine Angelegenheit von tief Luft holen.

Der Verkleidungspart ist schnell erledigt – bei JCPenney gibt es alles außer Panzerfäusten. Ich kaufe einen Overall und eine Schildkappe, dazu einen Eimer weißer Farbe, verschiedene Pinsel, ein Abrollgitter und zwei Tapetenrollen. Der Zollstock wird in die Einstecktasche an meinem neuen

Overall wandern, außerdem nehme ich eine Tube mit blauer Farbe mit, eine Bockleiter und für den offiziellen Eindruck eine Kladde mit Stift.

Damit ich nicht zu verkleidet aussehe, bekommt der Overall zwei Gänge im Waschsalon, um einen Used-Look zu erzielen. Dann mische ich Weiß und Blau zu Hellblau und verpasse Overall, Kappe und Leiter ein paar Spritzer. Den Overall streife ich gleich über, der Rest wandert in den Kofferraum des Honda Civic, den ich mir extra für den Anlass ausgeliehen habe.

Auf der Fahrt in die Willowbrooks zieht der Himmel weiter zu. Ich parke, lade aus und gehe los. Leere empfängt mich im weiten Rund der Apartments, nicht einen Menschen sehe ich. Sitzen wahrscheinlich alle vor dem Fernseher. Heute Abend ist NBA-Finale in Chicago, und die Kommentatoren quatschen sich schon warm.

Während ich die vertrauten Stufen hinauf zu Zimmer 205 steige, hoffe ich inständig, dass mir nicht Jenny, Doug oder Carla über den Weg laufen. Ein Soldat in Uniform kommt mir entgegen. Er grüßt mich und scheint nichts Ungewöhnliches an dem Mann zu finden, der Maler-Equipment die Treppe hinaufschleppt. Aus Jennys Apartment kommt Musik, »Love Her Madly« von den Doors; ich gehe schnell vorbei, stelle meine Utensilien ab und lege die Kladde in die Armbeuge. Dann klingle ich bei Pat.

Pat sieht aus wie Lemmy von Motörhead, derselbe Backenbart, dieselben langen Haare, aber noch viel mächtiger. Er blickt spöttisch auf mich herab.

»Yes, Sir?«

Im Hintergrund höre ich die NBA-Reportage, die aus einem kleinen Fernseher herausscheppert, den Pat sich auf den Boden gestellt hat.

Ich schaue auf meine Kladde, in der ein Zettel klemmt,

auf den ich so groß wie möglich *Zimmer Nummer 205, Peterbrook Apartments* notiert habe.

»Die Hausverwaltung schickt mich. Sie hatten wegen Schimmel im Bad angerufen, korrekt?«

»Nein, nicht korrekt.«

»Ist das hier nicht Raum 205, Peterbrook Apartments?«

»Nein, dies hier ist Raum Nummer 205, *Willowbrook* Apartments. Die *Peterbrook* Apartments sind am anderen Ende der Stadt.« Das stimmt. Ich habe es selbst auf dem Stadtplan nachgesehen.

»Ist das wahr, Willowbrook?« Ungläubig schaue ich noch einmal auf meine Kladde, auf der Peterbrook steht und nicht Willowbrook. »Tja, sieht ganz so aus, als hätten Sie recht. Entschuldigen Sie bitte die Störung. Aber sagen sie, bevor ich wieder abziehe, könnte ich da … kurz ihr Klo benutzen?«

»Geradeaus«, sagt Pat und lässt sich schnell wieder vor den kleinen Fernseher fallen. Ich schieße aufs Klo, schließe ab und öffne so schnell ich kann den Drehverschluss an der Fliese. Das Versteck ist leer, bis auf einen Zettel: »Putzen lohnt sich. 23.8., 11 Uhr 15, All Saints Church. F.«

»Alles klar?«, fragt Pat.

»Kristallklar«, sage ich.

ICH RETTE FRAU FEININGER

Solange der Chevy schneller rollt als erlaubt, habe ich meinen Frieden mit Zeit und Raum; solange ich nicht einschlafe, läuft alles genau, wie ich es brauche. Ich bin wach, ich höre die Ramones, und ich habe achtundvierzig Stunden Zeit, um bis nach San Francisco zu kommen und Frau Feininger zu retten. Um elf Uhr fünfzehn wird sie in der All Saints Church heiraten, und ich werde pünktlich sein. Dafür habe ich mir diesen Chevy geliehen, diesen schönen alten Chevy. Mit ihm werde ich die über zweitausend Kilometer bis zur Kirche in null Komma nichts plattbügeln, und ich werde sogar noch Zeit haben, mir einen Hochzeitsanzug zu kaufen, ein Hemd und eine verdammte Krawatte. Ich werde vorfahren und Frau Feininger rauben, und ihr wird die Erleuchtung zuteil werden, und sie wird ihre Putzpläne vergessen. Ich werde einen Roman schreiben, und wir werden irgendwo wohnen, wo ein guter Wind weht und es ein Meer zum Draufschauen gibt oder zum drauf Surfen oder was weiß denn ich. Kalifornien zum Beispiel.

Ich komme ein gutes Stück durch Wyoming, ehe die Sonne hinter Bergen untergeht, deren Namen ich nicht kenne. Die USA sind voll von Bergen und Hügeln, deren Namen ich nicht kenne. Die Sonne gibt alles. Tiefrote und schwarze Streifen stehen am Himmel, und ich fahre mit meinem Chevy mitten hinein. Frau Feininger wird wahrscheinlich gerade mit Eddimann die Tischordnung durchgehen und im Geist Namenskärtchen verteilen. Sie haben einen Old-School-Saal mit Old-School-Parkett und Old-School-Lüstern gemietet. Schwere Tischdecken, komplizierte Besteck-Arrangements, Gläser aus Bleikristall, das ganze Programm.

Eddimann trägt vorläufig Rollkragen, er ist eigentlich kein Westküstenmann. Er ist WASP, Dunkelblau ist seine Farbe, irgendwelcher Marinekram. Frau Feininger mag so etwas, aber sobald sie mal in meinem Chevy sitzt, wird sie schlagartig verstehen, was sie alles nicht braucht: Edelhard, seine Sippe, Jacken mit Anker darauf. Sie weiß es eigentlich längst, sonst wären die letzten Wochen umsonst gewesen, aber es braucht ein krisenhaftes Erlebnis, damit sie den Sprung wagt.

Ich trete aufs Gas und fräse mit dem Chevy durch die Dunkelheit. Im Radio spielen sie Johnny Cash, alles läuft vorbildlich, ich habe fast den Eindruck, der Chevy klopft den Takt. Er klopft immer lauter und ekstatischer, es hört sich an, als würde gleich ein Kolben durch die Motorhaube schlagen. Ich fahre ran, warte fünf Minuten, dann versuche ich es noch einmal. Es hilft nichts: Der Motor hämmert immer noch. Scheiße. Scheiße! Scheiße! Scheiße! Ich bin noch nicht einmal in Salt Lake City, und diese minderwertige Amikarre macht schlapp. Für die nächste Brautentführung nehme ich einen Japaner.

Ich will gerade anfangen zu telefonieren, ADAC, Automobile Association, Zentrale für Menschenrechtaufeinfahrendesauto, als ich zwei Scheinwerferkegel sehe. Sie zeigen Richtung Kalifornien. Ich schnappe mir den Seesack, springe auf den Highway und wedle mit den Armen. Der Wagen hält, ein verbeulter Ford mit einem hageren Kerl darin. »Was ist los, Mann?«

»Notfall. Hochzeit in Kalifornien. Nimm mich mit.«

Er nennt sich Tragödien-Billy, ein Rennfahrer, der vor einigen Jahren einen schweren Unfall hatte und gerade auf Ernährungswissenschaften umschult. Er will zu seiner Freundin in irgendeinen Hinterwäldlerort links des Highway 80 in Nevada. Wenn ich seiner Behauptung Glauben schenken darf, ist er sechsundzwanzig Jahre alt, aber ich bin mir bei Tragödien-Billy nicht sicher. Hohlwangig hängt er über dem Lenkrad und gibt starr geradeaus blickend die Eckdaten seines Lebens durch: »Ich werde ab und zu aus dem Hinterhalt überfallen. Ich glaube, meine Exfrau hat mir einen Privatdetektiv auf den Hals gehetzt, weil sie denkt, dass ich reich bin. Und meine neue Lady hat einen Scheck über dreitausendfünfhundert Dollar bekommen, will aber nicht damit herausrücken, woher.«

Ich verstehe kein Wort. »Tragödien-Billy«, sage ich, »ich verstehe kein Wort.«

Er hebt die Schultern. »Jedenfalls habe ich einen ziemlichen Schlag bei den Frauen.«

Es ist der Preis des Trampens, dass nicht jeder, der einen mitnimmt, seine Gedanken auf eine vertraute Weise arrangiert. Aber es ist die Pflicht des Trampers, etwas beizutragen, und sei es nur, jemandem die Möglichkeit zu geben, sein Steckenpferd zu reiten.

»Was lernt man denn so in Ernährungswissenschaften?« Tragödien-Billy holt tief Luft. Sein Vortrag beginnt mit den Enzymen, geht über zum Nervensystem, brilliert in einer detaillierten Beschreibung der Funktionsweise verschiedener Hormone und findet seinen Höhepunkt in einer ausführlichen Schilderung der neuesten Erkenntnisse über Schuppen. Anfangs sage ich noch so etwas wie »Das ist ja interessant« oder »Hört, hört, sieh mal einer an«, dann aber nur noch »Mmh, mmh, mmja«. Schließlich schaue ich demonstrativ nach draußen, was im Dunkeln aber nicht sonderlich auffällt. Irgendwann gelingt es mir, Billys Predigt im Weinberg der Ökotrophologie als Hintergrundrauschen wahrzunehmen.

In der Ferne schimmert die Nacht verheißungsvoll. Bald liegt Salt Lake City vor uns; es breitet sich auf einer Hochebene aus und zieht sich bis hinauf in die Berge. Ich spüre, dass Tragödien-Billy sich von den Lichtern angezogen fühlt, er drückt aufs Gas und fährt mitten durch das menschenleere Zentrum, wo Schweineklassik gegen Hochhaus steht. Es sieht nicht schlimmer aus als in den meisten anderen Städten der USA. Aber vielleicht stimmt es, was man sagt: dass Salt Lake City besser geputzt wird. Wahrscheinlich ist Salt Lake City das Stuttgart der USA.

»Schau mal da drüben«, sagt Billy und deutet auf ein Gebäude mit weißen Mauern und Raketentürmen.

»Was ist das?«

»Das ist der Mormonen-Tempel«, sagt Billy.

Womöglich würde mich alle drei Meter ein heillos harmloser Herr in schwarzem Anzug fragen, warum ich noch kein Mormone bin, wenn ich hier mit meinem Seesack herumliefe. Vielleicht aber auch nicht. Eher würden die Mormonen wohl denken: Der kann ja nicht einmal die Mitgliedsgebühren zahlen. Eventuell wäre die Mormonen-Überlegung aber auch nur, dass jemand ohne Auto sowieso immer zu spät zum Gottesdienst kommt. Und abgesehen davon ist es zwei Uhr nachts, und alle ordentlichen Mormonen schlafen.

Tragödien-Billy fährt bis in die frühen Morgenstunden, dann setzt er mich an der Ausfahrt zu seiner Freundin ab, mitten in der Einöde von Ost-Nevada. Die Tür ist noch nicht ins Schloss gefallen, da weiß ich schon, dass ich einen Fehler gemacht habe. Ich hätte Billy bitten sollen, mich in Salt Lake City zur Greyhound-Station zu fahren. Aber jetzt ist es zu spät. Ich stehe am Highway, und Billy wird in zehn Minuten die Liebe seines Herzens in die Arme schließen. Ich hoffe, sie steht auf Enzyme.

Schönwetterwolken hängen quer am Himmel. Der Verkehr tröpfelt, und gerade wenn man einen Mormonen am dringendsten gebrauchen könnte, kommt garantiert keiner vorbei. Es kommt überhaupt niemand, und wenn doch mal einer kommt, alle Viertelstunde, dann hält er nicht: nicht der Langhaarige, nicht die Kurzhaarige, nicht der Dicke, nicht die Doofe. Mindestens achtzig ungenutzte Sitzplätze fahren an mir vorbei. Ich fange an zu gehen. Ich renne, und mein Seesack hüpft dabei auf meinem Rücken herum. Es gibt nichts Idiotischeres, als mit einem Seesack auf dem Rücken zu rennen. Aber ich muss zu Frau Feiningers Hochzeit, egal wie. Ich will sie mit meinem Auto entführen, auch wenn ich gerade keins habe.

Wie viele Kilometer ich renne, weiß ich nicht. Aber als ich hechelnd stehenbleibe, sehen die sandigen Hügel um mich herum immer noch genauso aus wie vorher. Es ist, als sei ich nicht einen Meter gelaufen. Alles ist entsetzlich weit entfernt, Kalifornien zum Beispiel. Ich muss noch tausend Kilometer schaffen bis morgen um elf Uhr fünfzehn, und ich komme mir vor wie auf einem Endlosband. Ich halte an und strecke wieder den Daumen raus.

Nachmittags bollert ein alter Chevrolet Nova vorbei, bremst und setzt zurück.

»Kalifornien?«

»San Francisco.«

»Steig ein.«

Mein Fahrer lässt den Chevy röhren. Er ist schwer einzuschätzen, ein wuchtiger Kerl, Gesicht Burt Lancaster, Schnauz und Haarfarbe Clark Gable, Kleidung Wühltisch. In seinen Augen blitzt etwas Übermütiges, Grenzenloses, so, als würde er jeden Morgen tausend Popkörner jonglieren. Er heißt David und verfügt über eine gewaltige Lache.

»War schon fast vorbei an dir, dann dachte ich, den musst du mitnehmen. Der sieht irgendwie echt aus.«

»Irgendwie was?«

»Echt. Nicht aus Plastik.« David greift nach hinten und

fisch etwas von der Rückbank, ein Vorgang, der mich beunruhigt, aber er holt keinen Revolver nach vorn, sondern nur ein Fotoalbum. Während ich blättere, spickt er auf die Bilder und kommentiert. Gleich auf der ersten Seite lacht mich eine dicke Frau mit schwarzer Plastiksonnenbrille und grell angemalten Lippen an. – »Meine Mutter. Eine wirklich süße Lady.« Dann kommt ein Dicker im Unterhemd: »Das ist mein Vater. Ein rauher Bursche zu seiner Zeit.« Und ein ätherisches Wesen: »Die Liebe meines Lebens. Das Problem ist nur: Ihr Vater ist reich, und er hat mir Hausverbot erteilt.«

»Scheiße.«

»Ja«, sagt David, »ganz schöne Scheiße.« Und lacht und überholt und erzählt, dass er gerade auf Bewährung ist. »Der Typ hat angefangen, weißt du, aber er hatte Geld und konnte sich einen guten Anwalt leisten. Ich hatte nur einen Pflichtverteidiger, und der ist gar nicht erst zur Verhandlung erschienen, heilige Kuh.«

»Das ist ungerecht.«

»Heilige Kuh, nein, gerecht ist das nicht, aber ich bin dann nach Kalifornien abgehauen und habe jahrelang in einer Raffinerie gearbeitet. Ich liebe es, mir die Finger dreckig zu machen. Dann hat mich ein Kollege verpfiffen, und ich bin wieder in den Knast gewandert, haha.« David legt das Fotoalbum wieder auf den Rücksitz.

»Und jetzt bist du auf Bewährung?«

»Ja. Ich muss morgen in San Francisco sein und mich zu einem Urintest melden. Vorschrift von meinem Bewährungshelfer.«

»Ich muss morgen um elf Uhr fünfzehn an der All-Saints-Kirche in San Francisco sein und mich zu einer Hochzeit melden. Schaffen wir das?«

»Bist du der Bräutigam?«

»Ich bin für die Brautentführung zuständig.«

»Du hast kein Auto.«

»Ist mir auch schon aufgefallen.«

Dann schweigen wir. Es ist wie gesagt ein gutes Zeichen, wenn man im Auto nebeneinander herschweigen kann. Und David ist ein hervorragender Autoschweiger. Der Highway schneidet durch eine Art Wüste mit staubigen Büschen. Es ist ein trauriger Streifen Erde; wahrscheinlich gefällt er mir nur, weil ich ihn aus einem gleichmäßig rollenden Auto heraus betrachte. Ich mag es, wenn Autos rollen.

Mein neuer Bekannter holt zwei Dosen Cola unter dem Sitz vor und gibt mir eine davon.

»Wie hast du dir im Knast die Zeit vertrieben?«

»Ich habe ungefähr zweihundert Bücher gelesen und meinen High-School-Abschluss gemacht, heilige Kuh.« David sagt häufiger »heilige Kuh«.

Zwölf Meilen vor Battle Mountain geht das Benzin zur Neige. Die Sonne steht tief über der Wüste, und wir steigen aus. Ohne das Geräusch des Motors ist es hier sehr leise und ohne die Karosserie um uns herum sehr geräumig. Der Himmel wölbt sich über Nevada besonders hoch.

Nach fünf Minuten erscheint ein Auto am Horizont, ein Pick-up. David wedelt mit dem Benzinkanister, der Wagen hält, und wir springen auf die Ladefläche. Warmer Wind weht durch mein Haar, aber im Schatten der Steine liegt schon die Kälte der Nacht.

Zurück nimmt uns ein Trucker mit. Er hat das Armaturenbrett mit Abziehbildchen von Pin-ups vollgeklebt, und David gibt ihm Tips, wo er die besten Honky Tonks der Gegend finden kann, aber der Trucker hat keine Nachhilfe nötig. Als wir zum zweiten Mal durch Battle Mountain fahren, glühen die Fenster im letzten Licht. Kälte kriecht in den Chevy; ich hole mir einen Pullover aus dem Seesack. David hält Kurs West, und ich schlafe ein.

Als ich wieder aufwache, hält David immer noch Kurs West. Leuchtreklamen erhellen die Nacht; Lichterketten schießen zum Himmel und wieder herab zur Erde. Vor uns liegt Reno. »Warst du schon mal in einem Spielcasino?«

»Nein.«

»Da vorn gibt's welche.«

»Haben wir dafür Zeit? Ich muss morgen ...«

»... um elf Uhr fünfzehn eine Braut in der All Saints Church in San Francisco entführen, ich weiß.«

Unser Casino heißt Boomtown, rund um die Uhr geöffnet. Auf zwei turnhallengroßen Etagen stehen Maschinen in gelblichem Licht, die meisten einarmige Banditen. Es rasselt und klingelt; es gibt Maschinen für jedes Geldstück. Zwischen den Maschinen laufen Geldwechsler mit Umhängetaschen umher wie Schaffner, zwei Uniformierte mit Pistolen am Gürtel schieben einen Wagen voll Geld durch die Gänge. Ich genehmige mir ein Investitionsprogramm von drei Dollar und spiele an der Fünf-Cent-Maschine. Vielleicht kann ich den Stopp nutzen, um Frau Feininger und mich reich zu machen. Alles, was ich tun muss, ist, die Maschine rechtzeitig anzuhalten, damit drei Kirschen in einer Reihe im Sichtfenster erscheinen. Das ist als Start für eine beispiellose Glückssträhne nicht zu viel verlangt. Die Kirschen kommen regelmäßig, und ich muss mir einen Plastikbecher holen, um meinen Gewinn aufzubewahren. Das Rasseln und Klingeln um mich herum rückt in den Hintergrund, und ich vergesse, wo ich bin. Morgens um drei füllen etwa dreihundert Fünf-Cent-Stücke den Plastikbecher. Ich werde dieses Gebäude als gemachter Mann verlassen und gleich morgen abend mit Frau Feininger auf der Veranda meines Schriftstellerhauses an der kalifornischen Küste sitzen. Alles, was ich jetzt tun muss, ist dranbleiben und größere Brötchen backen.

Der Mann am Schalter schmeißt meine Fünf-Cent-Stücke in einen Trichter und gibt mir dafür einen Plastikbecher voller Quarters, Vierteldollarmünzen. Diesmal kommen die Kirschen nur noch selten, und nach anderthalb Stunden bin ich meine Quarters wieder los. Ich hätte es mir denken können – irgendwie müssen die hier ja ihren Strom bezahlen.

Es ist fünf Uhr morgens. Nach meinen Berechnungen heiratet in sechseinviertel Stunden Frau Feininger. David steckt beim Black Jack fest. »Los, Brautentführung«, sage ich.

»Erst schlafen«, sagt David.

»Ich fahre.«

»Musst du nicht. Wir schaffen es in vier Stunden.«

Morgens liegen fahl und grau und grün Kaliforniens Berge im Dunst. Erst auf der Höhe von Sacramento unternimmt die Sonne einen scheinheiligen Versuch, die Tristesse zu vertreiben, aber so milchig, wie sie am Himmel hängt, verstärkt sie die trübe Stimmung nur. Ich warte darauf, dass sich bei mir so etwas wie Begeisterung einstellt, weil ich jetzt in Kalifornien bin, aber in seiner Hauptstadt spaziert die Langeweile auf dem Standstreifen. Davids Uhr zeigt halb zehn. Ich schaue auf die Entfernungstabelle in seinem Atlas. »Es sind noch fünfundachtzig Meilen bis San Francisco. Kannst du ein bisschen schneller fahren? Weißt du überhaupt, wo die All Saints Church ist?«

David nickt. Er drückt auf die Tube.

Um viertel vor elf sehe ich San Francisco. Goldenes Licht liegt über den Hügeln, die Bucht schimmert, und weit draußen gleitet ein winziges Schiff unter der Brücke hindurch. David lässt den Chevy den Berg hinabrollen, mitten in ein viktorianisches Viertel. Helle Holzhäuser mit Erkern und Giebeln reihen sich aneinander; alles kommt mir vertraut vor. Es würde mich nicht wundern, wenn aus den Seitenstraßen kommende Autos einfach über uns hinwegspringen würden und eine wilde Verfolgungsjagd ihren Lauf nähme. Plötzlich sehe ich das Schild von Vesuvio's aufblitzen, wo Kerouac und all die anderen getrunken hatten. Daneben entdecke ich Lawrence Ferlinghettis City Lights Bookstore, den Buchladen der Beatniks. Zwei Straßen weiter kommt ein Blumenladen. »Halt an!«, rufe ich. Ich renne hinein und kaufe einen Strauß ohne rote Rosen.

David nickt anerkennend. »Sommer«, sagt er. Und dann fährt er mich so lange durch Seitenstraßen, bis wir an einen menschenleeren Platz kommen, auf dem eine kleine Kirche aus Naturstein in der Sonne blitzt. Breite Treppen führen hinauf; Säulen flankieren das Portal. David schaut auf die Uhr. »Es ist elf Uhr fünfzehn. Und das da ist die All Saints Church.«

Ich schnappe mir meinen Seesack.

»Tausend Dank, David. Und beste Grüße an deinen Bewährungshelfer. Ich hoffe, er behandelt dich gut.«

»Schöne Brautentführung!«, ruft David und lässt den Chevy röhren.

Ich renne über das Kopfsteinpflaster zur Kirche. Tauben flattern auf, es hört sich laut an. Keine Musik höre ich, keinen Menschen sehe ich. Keinen, der heiratet, jedenfalls. Keine Frau Feininger, keinen Eddimann. Meine Schritte verhallen in der Leere der All Saints Church, nur ganz vorn in der ersten Reihe hält eine ältere Dame Andacht. Wo ist der diensthabende Geistliche? Ich setze mich neben die ältere Dame, die nach einem schweren Parfüm riecht. »Entschuldigen Sie bitte. Ich weiß, dass man nicht bei der Andacht stören soll, aber dürfte ich Sie fragen, ob hier heute eine Hochzeit stattgefunden hat?«

Die ältere Dame lächelt. »Nein, hat nicht. Ist das jetzt eine gute Nachricht für Sie oder eine schlechte?«

»Das weiß ich noch nicht.«

»Gott segne Sie, junger Mann.«

Ich nehme irgendeinen Bus und sage mir: Es könnte gar nicht besser laufen. Frau Feininger hat mir mit ihrem kleinen Scherz unmissverständlich mitgeteilt, dass sie nichts mehr mit mir zu tun haben will und es sich mit anderen Worten nicht im Geringsten lohnt, noch ein einziges Mal wegen ihr Hormone auszuschütten. Sie ist weg, wohnhaft in Unbekannt, und möchte dort von mir nicht gestört werden. Casbah Feininger, Tochter eines Verfassungsjuristen, Weltmeisterin in Soziologie und praktizierende Gemüsefanatikerin, hat mich verladen. Aber was soll das für ein Sieg sein, den sie ohne den Verlierer feiern muss?

Der Bus fährt ins Zentrum, den sogenannten *Financial District*. Ich steige aus und irre umher, vorbei an Copy Shops, Bars und den Marmoreingängen der Banken. Feininger. Mich verladen. So hämmert es in meinem Kopf. Hat wahrscheinlich längst woanders geheiratet und sich aus purer Bosheit die All Saints Church für mich ausgedacht. Das Imperium schlägt zurück. Wahrscheinlich gibt es in jeder größeren Stadt in den USA eine All Saints Church. Vielleicht auch zwei. Wie viele All Saints Churches gibt es eigentlich in San Francisco?

»Ich weiß es nicht«, sagt der Glatzkopf im Copy Shop, »aber ich gebe Ihnen gern mein Telefonbuch.«

Es gibt zwei. Die andere steht in der Waller Street im ehemaligen Hippieviertel Haight Ashbury drei Kilometer vom Zentrum – sie heißt All Saints' Episcopal Church. »Danke!«, rufe ich und renne los, aber dann halte ich gleich wieder an und gehe zurück zum Copy Shop. Erstens wird Frau Feininger nicht in der anderen Kirche sein. Und zweitens: Wenn doch, dann soll sie mich nicht schwitzen sehen. Ich werde den Bus nehmen. »Bus Nummer sechs«, erklärt mir der Mann im Copy Shop. »Fährt die ganze Haight Street runter.«

Der Bus stottert die Haltestellen ab wie meine Großmutter die Raten für ihren Fernseher. An jedem verdammten Chop-Suey-Restaurant hält er, an jedem Second-Hand- und Rettet-die-Erde-Laden, bis er in Haight Ashbury hält, einer Wohngegend mit viktorianischen Häusern, die in den Sechzigern ziemlich heruntergekommen waren. Hippies auf LSD zogen ein, krochen durch die Schlüssellöcher und schauten Gott. Als jeder ihn geschaut hatte, wurden die Häuser frisch gestrichen, und heute sieht Haight Ashbury ganz respektabel aus.

Die Waller Street verläuft parallel zur Haight Street. Ich muss mich jetzt sehr anstrengen, nicht zu rennen. Wo ist diese Kirche? Kein Turm in Sicht, nirgends. Ich frage einen Greis mit Schirmkappe und Stock. Nach Kirchen muss man alte Leute fragen.

»Dort vorn sehen Sie sie schon, junger Mann«, sagt er und deutet mit dem Stock die Straße runter.

Die Episcopal Church ist turmlos und fällt mit ihrer hellgrau gestrichenen Holzverkleidung und dem weißen Giebel zwischen den anderen Häusern kaum auf. Eine Holztreppe führt zum Eingang hinauf, und kaum dass ich oben bin, tritt eine vertraute Gestalt hervor. Es ist Frau Feininger. Sie trägt ihr Haar offen, ein leichtes Kleid umweht sie, das ich noch nie an ihr gesehen habe.

»Da sind Sie ja endlich«, sagt sie.

»Es gibt zwei All Saints Churches in San Francisco.«

»Kleiner Fehler meinerseits, bitte entschuldigen Sie. Wollen wir uns setzen?« Sie deutet auf die Treppe.

»Wo ist Edvard mit v?«

»Es gibt keinen Edvard.«

»Es hat ihn auch nie gegeben?«

»Genau.«

»Woher wussten Sie, dass ich kommen würde?«

»Ich wusste es nicht.«

»Sind Sie wenigstens Soziologin?«

»Ja. Aber ich werde nicht in Berkeley meinen Abschluss machen, sondern in Köln. Danke für die Blumen.«

FLITTERWOCHEN

Wir folgen der Küste mit offenem Verdeck, immer auf dem Highway 1 Richtung Los Angeles. Hoch oben über dem Pazifik legt sich die Straße in beachtliche Kurven. Ich fahre langsam, denn Frau Feininger will von Los Angeles nach Deutschland zurückkehren, um mit ihrem Professor die Zukunft zu besprechen, ihre Zukunft.

Mir gefällt es hier besser. Kalifornien macht einen wohltemperierten Eindruck, es stößt ans Meer, und an seinen Gestaden legen sich Poseidons Kinder auf Surfbretter. Es gibt nichts, was mich nach Deutschland zieht, außer Frau Feininger, aber nun, wo Edvard sich als Phantom erwiesen hat, wäre es mir lieber, wenn sie wirklich in Berkeley studieren würde. Stattdessen will sie nach Köln, an einen Ort, mit dem ich abgesehen von Karneval und Regen in der Kölner Bucht nichts verbinde.

Frau Feininger trägt eine Sonnenbrille und ein Kopftuch, das sie nach Grace-Kelly-Art um ihren schönen Hals gebunden hat. Summend schaut sie hinunter auf den Ozean, der weit unter uns schaumbekrönt gegen die Steilküste schlägt.

Ein Schild weist nach rechts zu einem Potlatch Hotel. »Hier bitte reinfahren«, sagt Frau Feininger.

»Reinfahren?«

»Ja doch.«

Ich fahre. Ein geschottertes Stichsträßchen bringt uns auf ein kleines Plateau hoch über den Kippen. An der Kante thront das Potlatch Hotel. Es sieht aus, als hätten Hundertwasser und Rudolf Steiner es gemeinsam entworfen. Kein rechter Winkel stößt ins Auge, alles fügt sich rund und aufreizend freundlich. Der Parkplatz hat nicht einmal Linien.

»Haben Sie Hunger?«, fragt Frau Feininger und hebt ihren Trolley aus dem Kofferraum.

»Gehen Sie immer mit Gepäck ins Restaurant?«

»Nein, ich nehme mein Gepäck mit, weil wir hier miteinander schlafen werden.«

Über der Rezeption hängt ein Mobile mit Totemmasken. Der käsige Empfangschef weiß Bescheid.

»Frau Feininger? Zimmer acht, Navajo-Suite. Gepäck wird raufgebracht.«

Die Beiläufigkeit, mit der sie den Schlüssel in Empfang nimmt! So etwas muss man spätestens mit der Pubertät gelernt haben, danach wird es nichts mehr. Im Lift küsst Frau Feininger mich, leider nur bis in den zweiten Stock. Ich drücke auf den dritten, höher geht es nicht. »Lassen Sie uns zuerst etwas essen. Und uns ein wenig frisch machen«, haucht Frau Feininger.

Ein Livrierter geleitet uns durch das Restaurant hinaus auf die Terrasse zu Holztischen. An jedem steht ein Terrakottatopf mit einem duftenden südlichen Gewächs: Orange, Oleander, Oregano, Opossumbaum. Mit ihrem schmalen Ende stoßen die Tische an eine Balustrade; dahinter taumeln lotrecht Felsen in die Tiefe. Was von den Töpfen zu halten ist, weiß ich noch nicht genau, aber der Rest ist so offensichtlich wohlgeraten, dass es sich verbietet, »schön« zu sagen.

Fisch dominiert die Speisekarte. Ich schließe eine Wette mit mir ab, dass Frau Feininger den gebackenen Heilbutt auf Paprika wählt. Die Chancen stehen eins zu fünfzehn.

»Warum grinsen Sie?«

»Haben Sie einen Zettel? Ich schreibe darauf, was Sie bestellen werden.«

»Dasselbe werde ich mit Ihrer Bestellung tun.«

Ich gewinne. Sie aber auch. »Proletarier bestellen immer

Königsgarnelen«, behauptet Frau Feininger. Als mein Essen kommt, stellt der Ober eine Schale mit Wasser dazu, von der ich nicht weiß, was ich mit ihr anfangen soll. Die Garnelen hineintunken?

»Sie müssen die Finger ab und zu in die Schale halten, wenn Sie die Garnelen essen. Es ist Zitronenwasser darin, das löst das Fett und nimmt den Fischgeruch.«

Frau Feininger zerlegt ihren Heilbutt, als ginge es um eine Operation am offenen Herzen. Sie sitzt aufrecht, schiebt winzige Bissen von einer Wange in die andere und kaut sie zweiunddreißig Mal.

Zum Dessert legt sie drei in Alufolie verpackte Tafeln auf den Tisch.

»Sind Sie wahnsinnig geworden? Nehmen Sie das sofort wieder in ihre Tasche!«

Aber Frau Feininger denkt nicht daran.

»Ich mache Ihnen einen Vorschlag, Herr Hoffmann. Sie bekommen von mir diese drei Tafeln Haschisch, und Sie dürfen sie in bare Münze verwandeln.«

»Und wo ist der Haken?«

»Kein Haken, eine Investition. Sie verpflichten sich im Gegenzug, ein Studium aufzunehmen. Sie wären der erste und einzige Bewerber für das Feininger-Stipendium der Haschisch Foundation mit Sitz in Köln. Latein und Englisch, was meinen Sie?«

»Ich meine, dass Sie einen Knall haben.«

»Wie kommen Sie zu dieser Ansicht?«

»Ich verbitte mir Ihre Übergriffe auf mein Leben, Frau Feininger. Ich möchte nicht studieren, und wenn doch, dann Raketenwissenschaften. Ich will, dass wir in Kalifornien bleiben, Sie Ihren Professor eine Weile vergessen und wir uns von dem ernähren, was das Land uns gibt.« Ich klopfe für alle Fälle auf das Haschisch, damit sie meinen Witz versteht.

Frau Feininger ist jetzt aufgestanden. Zwischen ihren Augenbrauen hat sich eine Falte gebildet, die ich noch nicht kannte. »Welches Leben meinen Sie, Sie Stück Treibholz? Erkennen Sie nicht, wenn es jemand gut mit Ihnen meint?«

»Ich habe nicht die geringste Ahnung, wovon Sie reden.«

Sie hat jetzt das Haschisch geschnappt und hält es über die Balustrade.

»Soll ich es fallen lassen, Herr Hoffmann? Soll ich? Ist es das, was Sie wollen?«

»Nun lassen Sie es schon fallen.«

Und sie lässt es fallen. Fünftausend Dollar auf geradem Weg in den Pazifik, genug Dope für eine Pottwalparty.

Frau Feininger stürmt durch das Restaurant zur Rezeption und zahlt wortlos. Ich stürme hinterher, denn mein Tagebuch liegt noch im BMW. Sie schmeißt es mir vor die Füße. »Und grüßen Sie mir den Herrn Professor!«, brülle ich ihr hinterher, aber sie ist längst weg.

GUTE NACHT, GUTEN MORGEN

»Ja?«

Raimund klingt verschlafen, aber dies ist ein Fall von emotionaler Bedrängnis. Ich brauche jemanden, der mir bestätigt, dass ich Frau Feininger auf schnellstem Weg vergessen muss, und keiner eignet sich dafür wie Raimund. Er hat Übung im Frauenvergessen, denn er verliebt sich immer in diejenigen, die am allerwenigsten von ihm wissen wollen. Er wird mir bestätigen, dass Frau Feininger eine manipulatorische Kuh ist, auch wenn er sie überhaupt nicht kennt. Wofür hat man denn Freunde?

»Raimund? Ich bin's, Viktor.«

»Viktor, du Idiot! Ich nehme an, ich müsste jetzt so etwas sagen wie: Hast du eigentlich eine Ahnung, wie spät es ist? Aber weißt du was? Ich schreie es! *Hast du eigentlich eine Ahnung, wie spät es ist?!*«

»Bei mir ist es fünf Uhr nachmittags. Bei dir ist es drei in der Nacht. Du musst nur auf die Uhr schauen, dann weißt du es.«

Plötzlich eine Frauenstimme im Hintergrund. »Wer ist es denn, Raimund?« Die Stimme klingt weit weg.

»Warte mal einen kleinen Moment, Viktor.«

»Es ist Viktor, du weißt schon. Aus den USA.«

Und wieder zu mir gewandt: »Wo bist du?«

»In einem kalifornischen Indianerhotel.«

»Greifen die Apachen an?«

»Die schlafen gerade.«

»Dann ruf morgen noch einmal an. Ariane erwartet mich im Bett.«

»Wer ist Ariane?«

»Die Liebe meines Lebens.«

»Woher willst du das wissen?«

»Wir haben einen Tanzkurs belegt, und es war *mein* Vorschlag.«

»Verstehe. Meine Freundin ist mir weggefahren.«

»Warum?«

»Sie konnte mich kurzfristig nicht leiden.«

»Hast du ihr etwas getan?«

»Ich habe ein Angebot von ihr abgelehnt. Sie wollte mir Geld für ein Studium geben.«

»Verschwendung, ja, aber ist das schlimm?«

»Sie plant mein Leben.«

»Weil du es nicht machst.«

»Du wirkst wesensverändert. Hast du Substanzen genommen?«

»Wohin ist sie gefahren?«

»Nach Hause, nach Köln.«

»War sie schön?«

»Wieso war?«

»Weil sie weg ist. War sie schön?«

»Ja, sehr schön.«

»War sie klug?«

»Technisch gesehen ja. Sag nicht immer *war*.«

»Ist das ein Ja?«

»Ja.«

»Habt ihr gefickt?«

»Ja.«

»Habt ihr euch in die Augen geschaut und das Mysterium der Liebe erlebt?«

»Ja.«

»Vermisst du sie?«

»Nein.«

»Vermisst du sie?«

»Ja.«

»Schwieriger Fall. Gute Nacht.«

Guten Morgen. Ich sitze im Frühstückraum des Potlatch Hotels und schaue aus dem Fenster. Ich sehe dem Wind zu, wie er die Wolken vor sich hertreibt. Ich sehe den Wolken zu, wie sie sich umgarnen, sich auftürmen und nach und nach zu einer finsteren, tief hängenden Masse verdichten. Ich sehe dem Pazifik zu, wie er grau und schmutzig auf den Strand schäumt (während er Tausende von Kilometern weiter östlich an Japans Küste rollt, der Vollidiot). Wie, frage ich mich, bekommt er es hin, gleichzeitig in westlicher und in östlicher Richtung an Land zu rauschen? Wie groß muss ein Gewässer sein, damit das geht? Und warum habe ich Frau Feininger immer noch nicht vergessen? Wieso habe ich nicht geschlafen, und weshalb denke ich jede einzelne Minute meines Daseins an eine fehlgeleitete Soziologin, anstatt hinauszuziehen und mich auf schnellstem Weg in eine kalifornische Grunge-Göttin zu verlieben? Ich erwische mich dabei, wie ich mich hilfesuchend im Raum umsehe – Entschuldigung, können Sie mir sagen, wieso ich nicht hinausziehe und mich auf schnellstem Weg in eine kalifornische Grunge-Göttin verliebe? Aber die Gäste des Potlatch Hotels klappern mit Tellern, Tassen und Löffeln, als bekämen sie Geld dafür. Manchmal redet jemand leise, oder es steht jemand auf und holt sich ein neues Croissant, eine Vollkornwaffel, einen Orangensaft. Die meisten tragen Beige und Weiß und Grau, vielleicht sind sie nicht einmal Amerikaner.

Ich checke aus, greife mir eine vereinsamte Ausgabe von *National Geographic* von der Sitzgruppe in der Lobby, stopfe sie in den Seesack und wandere hinunter zum Strand. An seinem Ende habe ich ein weißes Gebäude gesehen, das mich interessiert. In den Fels gehauene Stufen führen in engen Serpentinen hinunter zur See. Ich nehme jede einzelne von ihnen, fünfhundertzweiunddreißig Stück. Die Luft ist schwer und ölig und setzt sich in meinen Haaren fest. Es gefällt mir.

Am Strand ziehe ich die Schuhe aus. Ich verknote ihre Schnürsenkel miteinander und hänge sie mir um den Hals. Kiesel massieren meine Füße, der Ozean nimmt Anlauf und schwappt mir bis zu den Waden, immer wieder, bis ich das helle Gebäude erreiche, das ein Strandcafé ist, weiß verputzt und mit großen Fenstern, die zum Wasser zeigen. Als ich eintrete, merke ich, dass ich immer noch barfuß bin, ich stehe mit blanken Füßen auf Holzdielen, aber der Mann mit dem riesigen Dread-Kopfputz auf dem Kopf stört sich nicht daran. »Was zu trinken?«, fragt er von hinter seiner Theke.

Ich bin der einzige Gast. Draußen nieselt es, drinnen bringt mir Jeffrey, wie der Mann mit dem Dread-Kopfputz heißt, Kaffee und Bier und Wein. Ich habe mir vorgenommen, *National Geographic* zu lesen und Frau Feininger zu vergessen, aber ich schaffe es nicht, mich darauf zu konzentrieren, mit welchen vertrackten Methoden die Polynesier schon vor Tausenden von Jahren sicher über die Südsee navigierten, oder mich für die Frage zu begeistern, ob Biberbauten den Gesetzmäßigkeiten der Chaostheorie folgen. Ich konstatiere: Es fällt mir leichter, an Frau Feininger zu denken, als nicht an Frau Feininger zu denken. Jeffrey bringt mir Wodka und Whisky und Whiskey. Er ist ein guter Mann, wir sind schnell Freunde geworden. »Bist du okay?«, fragt er. Er fragt es mich mehrere Male. »Ja, blendend«, antworte ich jedes Mal.

Abends schiebt er mich in den Garten hinter dem Strandcafé und deutet auf ein etwa hüfthohes Zelt. »Schlaf dich da drin aus«, sagt er.

Nachts setzt schwerer Regen ein. Es regnet ins Zelt, das Wasser dringt durch den Schlafsack, und ich friere. Ich versuche mich daran zu erinnern, ob ich je einen Schwur geleistet habe, niemals nach Deutschland zurückzukehren. Es fühlt sich so an, als hätte ich, aber ich glaube nicht, dass ich es tatsächlich getan habe. Deutschland, sage ich mir, ist doch auch ein Ort, den man mal bereisen könnte. Und ich merke, dass ich vorübergehend vergessen habe, was ich in Kalifornien wollte.

LAST UND STOLZ DER MINNE

Der Himmel hängt in Deutschland immer noch niedriger als in den USA, das erkenne ich vom Flugzeug aus. Im Landeanflug über Frankfurt sehe ich meine alte Feindin wieder, die Rheinebene mit ihren Tausenden von kleinen Feldern, zerschnitten von Autobahnen, durchsetzt von Reihenhaussiedlungen – eine desolate Landschaft im tödlichen Licht der Mittagsstunden. In den Sümpfen der Rheinebene gedeihen Mücken, Malaria und grünes Fieber, die Menschen in ihre eigenen Schatten verwandeln und in den übel beleumundeten Elektrogassen der Baumärkte verenden lassen. Köln liegt nördlich der Ebene, aber eine Niederlage ist das hier trotzdem. In wenigen Minuten werde ich wieder deutschen Boden betreten, und ich möchte darin versinken. Andererseits: Man muss sich nicht zieren, wenn es um höhere Dinge geht. Wenn eine Frau zurückgewonnen werden soll, dann kann man sich das Land, in dem es geschieht, nicht aussuchen. Ich werde einen Blumenstrauß kaufen, niederknien und um Verzeihung bitten. Vielleicht muss ich noch etwas dazu singen, überlege ich. Dann setzt der Jumbo auch schon auf.

An den Gepäckbändern patrouillieren die Fluggäste auf und ab, als ob davon der Koffer früher käme. Da ist sie wieder, die deutsche Nervosität, und Millionen von Auslandsaufenthalten, Sirtakis, Sangrias und Sonnenbädern haben nichts daran geändert. Sobald ein Deutscher Deutschland betritt, erfasst ihn Unruhe. Ich habe wenigstens einen Grund, nervös zu sein.

Die Miniröcke melden Werte über dreißig Grad. Ich folge Schildern, tauche in kühle Unterführungen ab, tauche wieder auf; ich kaufe eine Fahrkarte nach Köln, alles ist eng, und alles funktioniert reibungslos. Was kann in Deutschland schon schiefgehen? Nichts kann schiefgehen. Gut ausgebildete Ingenieure haben Deutschland zusammengeschraubt; ich bin von der Wildnis in den Zoo zurückgekehrt, und er riecht ein bisschen nach kaltem Zigarrenrauch.

Auf dem Bahnhof in Köln riecht es nach heißgelaufenen Rädern oder Bremsen, die Lautsprecher annoncieren die Anschlüsse in die Zülpichs und Erftstadts des Umlands. Mir steht der Schweiß auf der Stirn, aber der Dicke in der Bahnhofskneipe will mir kein Hefeweizen geben. Beziehungsweise: Er hat keines. »Biss in Köln, Jong, krissen Kölsch.« Er stellt mir ein Nullkommazweiliterglas hin. Ist es das, was Sie wollten, Frau Feininger: mich in eine Stadt locken, in der das Bier aus Kindergläsern getrunken wird?

Frau Feininger, das Telefonbuch weiß es, wohnt in einer gewissen Subbelrather Straße. C. Feininger, es lebt nur eine davon in der ganzen Stadt. Ich fahre gleich hin, zehn Minuten mit der U-Bahn, dann stehe ich in einer langen Straße, flankiert von drei- bis vierstöckigen Mietshäusern, die Lärm und Abgase gerecht untereinander aufteilen. Viele von ihnen sind Zweckbauten aus der Nachkriegszeit, einige haben einen Laden oder eine Dönerbude im Erdgeschoss, manche schmücken Simse und Stuckarbeiten, und eines von ihnen fällt durch einen Fachwerk-Erker auf. Es ist das einzige Haus, das mich interessiert. Es ist das Haus, in das ich reinwill. Es ist das Haus, in dem Frau Feininger wohnt.

»Entschuldigung, gibt es hier einen Blumenladen in der Nähe?«

Ich krächze, es muss an der Stadtluft liegen. Aber ja, es gibt einen Blumenladen in der Nähe. Die alte Dame mit dem Einkaufstrolley im Schlepptau beschreibt mir den Weg, und während sie mir mit vielen Worten erklärt, dass ich eigentlich nur rechts in eine Seitenstraße abbiegen muss, rückt sie in vertrauliche Nähe. Verrate mir dein Geheimnis, junger Mann mit dem Seesack, ich weiß, es ist Liebe im Spiel.

Ich kaufe Rosen, die ich wie eine Fackel trage. »Nach unten halten«, sagt die Frau im Blumenladen und entlässt mich milde lächelnd ins Freie. Alle wissen Bescheid, wenn ein junger Mann Rosen kauft. Ein junger Mann, der Rosen kauft und sich mit ihnen auf die Straße wagt, ist ein angreifbares Wesen, taxiert von den Frauen, verlacht von den Rotzlöffeln, beneidet von den Greisen. Niemandem sieht man so genau an, was er vorhat, wie dem jungen Mann mit den Rosen in der Hand. Und alle schließen Wetten mit sich ab, ob er an sein Ziel gelangen wird – das ist die Last, der Stolz der Minne.

Frau Feininger ist nicht zu Hause. Ich klingle und klingle, der Asphalt wird demnächst Blasen werfen vor Hitze, mein Seesack kerbt sich in die Schulter (wieso setze ich ihn eigentlich nicht ab?), und ich habe einen albernen Strauß Rosen in der Hand. Hätte ich vorher anrufen sollen? Frau Feininger, ich beabsichtige, mich vor Ihnen in den Staub zu werfen, und werde Blumen mitbringen. Könnten Sie bitte anwesend sein, damit sie nicht verwelken?

»Kann ich Ihnen helfen?«

Es ist die alte Dame mit dem Einkaufstrolley. Sie nestelt vielversprechend an ihrem Schlüsselbund herum.

»Sie können. Ich bin mit Frau Feininger aus dem zweiten Stock verabredet, aber sie hat sich offensichtlich verspätet. Könnten Sie mir vielleicht mit einer Blumenvase weiterhelfen?«

»Das wird nicht nötig sein. Ich vermute, dass Frau Feininger zu Hause ist, aber die Klingel nicht hört. Die Anlage ist kaputt, wissen Sie?«

Weiß ich nicht, aber die alte Dame öffnet die Tür und

klappert mit ihrem Trolley in den kühlen Flur, vorbei an Kinderwagen. Niedrige, breite Stufen führen hinauf in den ersten Stock. Dort bleibt meine Wohltäterin vor ihrer Wohnungstür stehen und weist nach oben. »Gehen Sie nur hoch und klopfen Sie. Ist ein nettes Mädchen, Ihre Frau Feininger. Und so fleißig. Sind Sie aufgeregt?«

Aufgeregt? Mein Herz klopft lauter als meine Faust. Dreimal muss ich an die Milchglastür mit den weißen Holzsprossen pochen, dann zeichnet sich ein Umriss ab, der näher kommt.

Frau Feiningers Haare fallen nass auf ihre Schultern. Sie trägt ein schwarzes Baumwolltop und einen irgendwie indonesisch aussehenden Rock. Sie ist barfuß, und sie versucht, unbeteiligt zu schauen, aber ihre Augen lachen.

»Herr Hoffmann?«

Mir fällt auf, dass ich keinen Text vorbereitet habe. Ich hatte angenommen, dass ich nach alter Kavaliersschule ein Knie aufstellen und so etwas sagen würde wie: Frau Feininger, dass ich Ihr Stipendium abgelehnt habe, war nicht recht. Nehmen Sie als Ausdruck meiner Läuterung diese Blumen an.

Tatsächlich aber bleibe ich stehen und sage: »Es war zwar nicht Ihr Haschisch, aber es ehrt Sie, dass Sie sich Gedanken über meine Zukunft gemacht haben. Bitte nehmen Sie als Unterpfand meiner Wertschätzung diese Rosen an.«

Frau Feininger ist sichtlich gerührt. »Was sind Sie nur für ein Bauerntrampel«, sagt sie. »Kommen Sie rein. Aber ziehen Sie die Schuhe aus. Und bringen Sie mir nichts durcheinander, meine Arbeit befindet sich in einer sehr sensiblen Phase.«

»Sie arbeiten? Bei diesem Wetter?«

»Ich arbeite bei jedem Wetter.«

»Sie sind verrückt.«

»Ganz im Gegenteil. Kommen Sie von weiter her?«
»Nein, ich war nur gerade im Land, und da dachte ich …«
Aber da küsst sie mich schon.

NEGATIV/POSITIV

Nicht dass es mich überrascht hätte: Frau Feininger ist nach ihrer Magisterarbeit (0,7, Kuss vom Prof) sofort in die Promotion übergegangen. Sechsunddreißig Gramm feinstes Haschisch hat sie in ihren Erstabschluss investiert, den nächsten Schritt wird sie ohne schaffen – Herbst, ihr Doktorvater, hält große Stücke auf sie. Es habe in den letzten zehn Jahren nur ein einziges Talent von der Größe des feiningerschen gegeben, und das sei sein eigenes. Frau Feininger hat diese Einschätzung unbeschadet überstanden; ich nehme an, sie hält sie für angemessen. Sie erforscht schon wieder Unterschichten, diesmal die deutsche und die amerikanische im Vergleich. Hunderte von Fragebögen und ein Klavier sind ihre Gesellschaft; meine besteht aus zwei verzweifelten Charakteren, die schwarz gefasste Brillen tragen und vorgeben, etwas mit Kultur zu studieren

Ich denke nur noch selten an die endlosen Highways der USA – nur beim Schreiben manchmal. Casbah Feininger, Weltmeisterin in Soziologie, ist jetzt meine USA, und ich gehe auf Entdeckungsreise. Dabei kann jeder sehen, dass wir nicht zusammenpassen. Raimund sagt es, Frau Feiningers Schwester Hanna sagt es, und wir wissen es auch. Wahrscheinlich wohnen wir deswegen getrennt, sie in ihrer schönen Dreizimmerwohnung in Ehrenfeld, die ihr Vater finanziert, und ich in einer nicht ganz so schönen WG gleich bei ihr um die Ecke.

Ich habe mich für Latein und Englisch immatrikuliert, nebenbei schreibe ich den maßgeblichen USA-Roman und mache Zeitarbeit. Wenn ich darüber jammere, erinnert mich Frau Feininger an ihr Stipendium.

Mein Zeitarbeitssklavenhändler schickt mich in die Industrie der Umgebung: Brausetablettenfabriken, Druckereien, Hersteller von Stahlfässern. Zwei- oder dreimal in der Woche begegne ich Leuten, die nie vom Genitivus objectivus gehört haben und nur eine vage Vorstellung davon besitzen, wo die USA liegen. Danach wieder Caesar.

Frau Feininger stört sich an meinen Rauchgewohnheiten, an kleinen Löchern in meinen T-Shirts und vielem mehr. Sie hat eine Gegenüberstellung angefertigt, mit allem, was sie an mir mag, und mit allem, was nicht. »Die Negativseite ist deutlich länger«, sagt sie.

»Was steht auf der Positivseite?«

»Grübchen«, sagt Frau Feininger.

Wahrscheinlich kann sie mich nicht einmal leiden. Wir sehen uns mindestens alle zwei Tage, länger halten wir es nicht ohneeinander aus. Wir legen es nicht darauf an, aber unser Repertoire erweitert sich. Einem Nachtwächter wie mir tut so etwas gut. Wenn wir keinen Sex haben, dann versuche ich herauszufinden, was gut an den Dingen sein könnte, die sie mag. Zum Beispiel begleite ich sie auf Schostakowitsch-Konzerte und lasse mich von ihr einen Philister nennen, weil ich dafür ein Hemd anziehe. Oder ich mache eine Gemüsepfanne, obwohl mir Gemüsepfannen nicht besonders schmecken. Ich räume auf, wenn sie zu Besuch kommt, aber meistens gehe ich zu ihr, wo es sowieso ordentlich aussieht (außer, wenn sie ihre Fragebögen ausbreitet). Umgekehrt fällt es Frau Feininger nicht im Traum ein, mit mir zu Social Distortion oder PJ Harvey zu gehen. »Wer Schostakowitsch kennt, braucht keinen Social Harvey«, sagt sie. Einmal waren Raimund und Ariane zu Besuch; wir saßen bei mir in der Küche, sie wollte mir eine Freude machen und hat an einem Joint gezogen. Aber mehr als Husten und Kopfweh ist dabei für sie »nicht herausgekommen«. Sie versteht auch nicht, dass ich es lustig finde, wenn in meiner WG im Flur ein Stoffbeutel hängt und darüber ein Schild: »Spenden für den 1. FC Köln.« Aber es muss auch nicht immer jeder jeden Mist verstehen.

Einmal, im Frühling, liegen wir in ihrem großen Bett. Der süße, schwere Dämmer der Befriedigten senkt sich auf uns, und sie fragt: »Was meinst du, wäre es nicht viel einfacher, wenn du bei mir einziehst?«

»Einzögest? Ja, das wäre einfacher.«

»Es kommt mir so vor, als würdest du nicht mehr so oft zur Uni gehen«, sagt Frau Feininger. »Das hängt damit zusammen, dass ich nicht mehr so oft zur Uni gehe«, sage ich. Ich will diesen Roman schreiben, auch wenn ich meistens gar nicht schreibe, wenn ich schreibe. Ich starre auf den Bildschirm, ich starre hinunter auf die Straße. Gegenüber ist Spiele König, ein Spielsalon, der nachts kaltes Licht in unser Wohnzimmer wirft. Ich schreibe etwas; am nächsten Tag lese ich es durch und lösche es: Ich komme nicht voran. Das ist normal bei uns Schriftstellern.

Manchmal fragt Frau Feininger, ob sie etwas lesen kann von dem, was ich schreibe. »Ist noch zu früh«, sage ich dann.

»Hast du eine Gliederung?«

»Im Kopf schon«, antworte ich, aber das ist gelogen.

Ich habe eine neue Arbeit gefunden: Rucksäcke, Schlafsäcke und Zelte verkaufen. Ich bin gut darin, aber auch froh, dass der Laden nicht mir gehört, sondern Manuel. Manuel war viel in Afrika, er ist dort mit einem Jeep umhergefahren. Ich weiß, wie viel er am Tag umsetzt, und ich weiß, dass viele Leute sich ihre Ausrüstung in größeren Läden kaufen, wo sie weniger kostet – nachdem sie sich von uns haben beraten lassen. Viel bleibt da nicht übrig für Manuel, und was übrig bleibt, wandert in die Nacht. Er hat eine Freundin, die Psychologin ist; manchmal erzählt er mir, wie oft sie es hintereinander gemacht haben oder mit welcher anderen er ins Bett gestiegen ist. Es hört sich glaubwürdig an, was er erzählt, obwohl er Vollbart trägt. Ich hoffe, sein Laden existiert weiter, bis mein Roman fertig ist. Es ist zehnmal angenehmer, Rucksäcke zu verkaufen, als am Fließband zu stehen.

Als ich mal Leiharbeiter in einer Druckerei war, verbrachte ich meine Stunden damit, Werbepostkarten in eine Schiene zu legen. An der Schiene schossen die Bögen von *Wochenend* vorbei, und auf die Bögen wurden die Postkarten geklebt, die ich in die Schiene legte. Es stank nach Leim, und den ganzen Tag lang pfiff auf den Bögen die Überschrift DER SCHWARZE WITZ an mir vorüber. Ich habe ihn nie gelesen.

Manuel hat seinen Laden gleich bei der Universität um die Ecke; den meisten Umsatz macht er mit Studenten – und mit Akademikern um die vierzig. Leuten wie Herbst, Frau Feiningers Doktorvater, der achtunddreißig ist, »aber schon Professor der Soziologie«, wie Frau Feininger nicht müde wird zu betonen. Ich kenne ihn vom Sehen, Frau Feininger hat ihn auf ihre Magisterfeier eingeladen, und er ist »kurz vorbeigeschneit« (Herbst), ein Skandal in Cordhose.

Herbst ist ein Trottel. Einmal steht er plötzlich bei uns im Laden: Fingert an ein paar Rucksäcken herum, greift sich ein paar Schlafsäcke; merkt, dass er nichts weiß und ihm jemand helfen muss. Er will nach Sardinien zum Wandern, »zu zweit«, wie er sagt, wer immer mit dem Hornochsen verreisen will. Es geht nicht darum, dass er wirklich Informationen von mir möchte. Es geht darum, dass er nicht wie jemand wirken will, der sich etwas andrehen lässt. Ich lasse ihn ein paar kritische Fragen stellen und berate ihn auf preisgünstig. Als er sich nach dem Unterschied zwischen einer billigen und einer teuren Jacke erkundigt, sage ich: »Das ist von der Funktion her dasselbe, bei dieser hier zahlt man halt die Marke mit und vielleicht ein bisschen Design.« Das kränkt ihn, weil er denkt, ich erkenne nicht, dass er sich Marken leisten kann – und er gibt mehr Geld aus.

Ich verkaufe ihm einen riesigen Rucksack, eine viel zu teure Jacke und zwei Schlafsäcke. Schöne dicke Daunenschlafsäcke, viel zu warm für Sardinien.

Frau Feininger ist schwanger, schätzungsweise von mir. Schuld ist aber Herbst. Er war zum Essen bei uns. Mahlzeiten sind bei Frau Feininger und mir normalerweise eine frugale Angelegenheit. Manchmal gibt es Tiefkühlpizza – das ist mein guter Einfluss. Oder wir holen uns etwas von der Dönerbude, weil es schnell geht, schneller als in Schnellrestaurants. Es gibt guten Döner, gibt es wirklich. Oder wir machen eine Gemüsepfanne. Aber als Herbst kommt, liegt plötzlich eine Decke auf dem Tisch, Kerzen stehen drauf (ich wusste gar nicht, dass wir Kerzenständer haben), und das Besteck liegt in der Reihenfolge der Gänge neben dem Teller. Ich weiß nicht, ob es wirklich so war, aber im Nachhinein kommt es mir vor, als habe Herbst den ganzen Abend über gelächelt in seinem Strickpullunder. Sein ganzer betont sorgloser Habitus, seine abscheulich distanzierte Haltung gegenüber seiner Professur, seine halblangen Schnittlauchhaare, das ist es, was ich Skandal nenne. So ein Soziologieprofessor fragt selbstverständlich nicht, was man »so macht«. So ein Professor sieht, dass man nichts macht, das an das rankommt, was er macht. Und Frau Feininger merkt, was läuft, und geht den Schritt nach vorn. Vielleicht hat sie sich schon vor der Einladung überlegt, wie sie es sagen wird. Irgendwann muss sie es einstreuen. Und dann kommt das Gespräch auf die Verhältnisse, auf die Erschöpfung der Massen, es fallen Begriffe wie *Bewusstlosigkeit*, und eigentlich sollte ich derjenige sein, der darüber urteilt, als *Homme de lettres*, und nicht Herbst, aber ich bin der Mann, der im Laden arbeitet und nebenbei seinen USA-Roman schreibt oder umgekehrt, wie Sie wollen, einer von denen, der erforscht wird, statt selbst zu forschen. »Viktor arbeitet gerade in einem Laden«, sagt Frau Feininger, als würde ich es zu Studienzwecken tun und nicht, weil ich Schriftsteller bin und keine andere anspruchsvolle Arbeit ertragen würde. Beziehungsweise mir keiner eine gibt. Lektor, Redakteur, so etwas. Beziehungsweise ich mich nicht darum gekümmert habe.

Und Herbst fragt nicht, was das für ein Laden ist, weil er denkt, dass es in eine unangenehme Richtung führt, sondern spinnt einen vornehmen Faden zu einer Studie, die sein Institut gerade über die Arbeitsbedingungen an Fließbändern durchführt, etwas, was ganz aus der Mode gekommen sei, aber er, der große Herbst, wagt sich daran, und er wirft das Haar nach hinten und setzt mit Händen, die engagiert in der Luft stehen, etwas auseinander, das von unbedingter Wichtigkeit ist. Hinterher, als Herbst wieder weg ist und wir Geschirr spülen, sagt Frau Feininger: »Es gibt wirklich viel zu lernen bei ihm.« Ich weiß, dass das eine Erklärung sein soll, warum Herbst zu Besuch kommen musste, aber die Bewunderung ist nicht zu überhören. Herbst ist wichtig für sie. Herbst hat ihr eine Stelle als wissenschaftliche Assistentin gegeben, Herbst wird ihre Arbeit bewerten, Herbst kann sie auf- und abbauen, wie er will. In dieser Nacht schickt Frau Feininger ihre Hände auf Wanderschaft, und ich weiß, dass sie es tut, um mir zu zeigen, dass sie mich liebt und nicht Herbst. Ich will keine Almosen, denke ich, aber mein Schwanz, der Verräter, reckt sich, und es ist vermutlich die Nacht, in der wir für den rosa Streifen im Sichtfenster von Frau Feiningers Schwangerschaftstest gesorgt haben.

Es regnet. Es ist einer von diesen Tagen, die alle Lust und allen Mut umschlingen und langsam erwürgen. »In der Kölner Bucht kalt und regnerisch«, heißt so etwas im Radio. Ich höre viel Radio. Kultur. Ich bin Schriftsteller und befasse mich mit so etwas. Neue Aufführungen von Stücken, die ich nicht kenne. Besprechungen von Büchern, die ich wahrscheinlich nicht lesen werde. Neues von den Nazis. Opern! Höre Radio, sitze an meinem Fenster und schaue hinunter auf die Straße und schreibe nicht.

Ich werde Vater, in acht Monaten. Das ist nichts Besonderes. Immerzu und überall werden Männer Vater. Was soll es schon für einen Unterschied machen? Jemand scheißt in seine Windeln, wir werden ein Mobile aufhängen, und der Rest läuft von allein.

Eine Straßenbahn hält direkt vor der Haustür, die Leute steigen aus und verteilen sich auf die Dönerbuden, die Wirtschaften, ihre Wohnungen, ihre Arbeit, was weiß ich. Sie handeln, aber ich bezweifele, dass ihr Handeln von irgendeinem Sinn geadelt wird. Sie arbeiten, reden, gehen durch die Stadt, joggen durch den Wald, feiern ein Fest, aber sie simulieren nur. Sie irren herum, weil sie jemand rausgerotzt hat, ohne vorher zu fragen, ob sie auf die Welt kommen wollten. Jetzt tragen sie Baseballkappen auf dem Kopf oder geputzte Schuhe an den Füßen, aber es hilft ihnen nichts, weil sie nicht wissen, was es soll, eine Weile als irgendjemand mit einem Namen und einer Baseballkappe auf dem Kopf auf einem Planeten herumzuirren, der irgendwo in einem Universum hängt, das gut und gern ohne sie auskommen könnte. Es gibt jede Menge Hausfrauensex im Viertel, sagt Frau

Feininger. Sie würde bestreiten, dass sie nur simuliert. Sie schreibt mit aller Kraft an ihrer Doktorarbeit.

So lange ich sie kenne, schreibt sie mit aller Kraft an irgendeiner Arbeit. Seit anderthalb Jahren wertet sie Fragebögen aus. Fragebögen USA, Fragebögen Deutschland. Manchmal erzählt sie mir von ihrer Arbeit, die mich im Großen und Ganzen interessiert, aber es interessiert mich nicht jedes Detail. Vor allem interessiert mich nicht alles, was Herbst sagt und tut und macht. Herbst, der erst neununddreißig ist, aber schon Professor der Soziologie, ich weiß.

NICHTS DAGEGEN

Frau Feininger sagt, ich solle mein Studium wieder aufnehmen, aber ich glaube, was sie damit meint, ist, dass ich schnellstens Lehrer werden soll, anstatt mich der Illusion hinzugeben, ich könne einen Roman a.) schreiben, b.) veröffentlichen und c.) zu Geld machen. Mit anderen Worten: Wir können uns keinen Roman leisten, Viktor, jetzt, wo wir Eltern werden. Ich glaube eher, dass ich mir kein Kind leisten kann. Die Sache ist: Frau Feininger will es, auf jeden Fall. Ich nicht. Ich habe aber auch keinen Vater, der Verfassungsjurist ist und einspringt, wenn es mal eng werden sollte. Und Lehrer fällt als Beruf für mich flach. Ich tauge nicht dazu, Leute zu etwas zu zwingen, das sie nicht mögen. Ich würde ihnen freigeben und ins »Veedel« gehen. Es ist auch nicht so, dass ich Spitzenklasse in Latein wäre, sondern nur ganz gut, aber etwas anderes kann ich nicht, wenn man Englisch mal außen vor lässt und davon absieht, dass ich jedes einzelne Lied von PJ Harvey auswendig kenne.

Frau Feininger wird wegen des Kindes nicht auf ihre Doktorarbeit verzichten. Das ist ihr Vorteil: Bei ihrer Doktorarbeit gibt es jemanden, der sie will, und sie wird dafür einen Titel erhalten, der alles legitimiert. Dabei ist die Wahrscheinlichkeit gering, dass sie ihren Doktor in irgendeiner Form versilbern wird. Vielleicht wird sie Professorin. Vielleicht findet sie irgendein Institut, für das sie arbeiten kann, oder irgendein Fachverlag beschäftigt sie auf freiberuflicher Basis, was in etwa so viel Geld bringen wird wie mein Job im Laden. Wahrscheinlich wird sie aber eine der höchstqualifizierten Arbeitslosen in Deutschland, und sie hätte genausogut schon nach ihrem Magister auf PR oder andere krankmachende Tätigkeiten umsatteln können. Und ich soll jetzt auf meinen Roman verzichten?

»Ein Roman muss reifen«, erkläre ich Frau Feininger immer wieder. »Ein Roman braucht eine Gliederung«, sagt sie. »Und solange du nicht weißt, worüber du schreiben willst, kannst du genauso gut zu Ende studieren.« Das stimmt. Aber es ist Quatsch.

Ich hätte gedacht, dass es einfacher ist, einer Frau, die schwanger ist, das zu vermitteln: dass man Platz für etwas braucht, das wachsen soll. »Genauso, wie wir jetzt ein Zimmer freiräumen, auch wenn das Kind noch gar nicht da ist.« Wir machen das tatsächlich: Wir verlegen beide Schreibtische ins Wohnzimmer. Es wird nicht lange dauern, und in unserer Wohnung hängen Holzmöwen von der Decke, und nachts werden wir auf Schnuller treten.

Frau Feininger wird riesige Hosen mit Karottenflecken tragen, es wird bei uns säuerlich nach Kinderkotze riechen, und wir werden keinen Sex mehr haben, weil wir zu müde dafür sein werden. Unsere Eltern werden zu Besuch kommen, uns gratulieren und sich »für euch freuen«. Aber das Einzige, worüber sie sich wirklich freuen werden, ist, dass es uns nicht besser ergeht, als es ihnen ergangen ist. Warum sollen wir ein unbekümmertes Leben führen, wenn sie keines hatten, weil sie uns den Hintern abwischen mussten, anstatt wild zu sein? Warum sollten wir ein schönes Leben führen dürfen, in dem es um nichts anderes geht als um die Befriedigung aller Bedürfnisse, einen zufriedenen Gesichtsausdruck und den gepflegten Umgang mit Menschen, denen die Befriedigung ihrer Bedürfnisse genauso gut gelingt?

Normale Menschen werden uns bald meiden, und dafür werden Irre in unser Leben Einzug halten, Leute, die Kombis fahren und über Lehrer schimpfen, die ihren untalentierten Kindern völlig zu Recht schlechte Schulnoten geben.

»Als Lehrer könntest du in den Ferien schreiben«, sagt Frau Feininger, und sie hat wieder recht. Das ist das Schlimme an ihr: Sie hat meistens recht, aber es ist meistens langweilig, was sie sich ausdenkt. Sie hat nicht den geringsten Sinn für das Defizitäre, das Unbesonnene, das Unpraktische. Es geht bei ihr immer um das Aufschieben des unsicheren Besten, damit man irgendwann das Zweitbeste sicher hat. Du kannst nicht einfach mit Latein aufhören und losschreiben, sondern du machst dein Examen, versuchst nebenbei zu schreiben (hilfst mir aber lieber zu Hause und verdienst ein bisschen im Laden), machst Referendariat und schreibst nebenbei (machst aber lieber gute Unterrichtsentwürfe, damit du gut abschneidest, und hilfst mir zu Hause, damit ich an der Uni weiterkomme), wirst Lehrer und schreibst in den Ferien (wenn dir bis dahin nicht längst die Lust vergangen ist).

Kurz: Ich habe nichts gegen ein Kind, abgesehen davon, dass ich glaube, dass es mein Leben zerstören wird. Es wird mich des Rechts berauben, meine Existenz nach allen Regeln der Kunst in den Sand zu setzen und auf ganzer Linie zu scheitern.

JOCHEN UND SABINE

Manchmal komme ich mit, wenn Frau Feininger zum Frauenarzt geht. Er schmiert ihr den Bauch mit einer durchsichtigen Paste ein und fährt mit dem Ultraschall darüber. Wir sehen ein Schwarzweißbild auf dem Schirm, auf dem nichts als Schwarz und Weiß zu erkennen ist, und irgendwo im Gemenge sieht der Arzt einen Kopf (»Das kleine Köpfchen«), Arme, Beine. Ich erkenne nichts, und ich mag es nicht, wie dieser Schnurrbartträger mich ansieht und für seinen Hokuspokus ein glückliches Gesicht von mir einfordert, als sei das Bildchen mein Kind und nicht ein Bildchen von meinem Kind. Penis/nicht Penis? – Wir wissen es nicht.

Frau Feininger hat ein Buch gekauft, in dem nichts als Namen stehen. Ich nehme an, es soll werdenden Eltern Freude bereiten, abends zusammen auf dem Sofa zu sitzen und sich gegenseitig Vorschläge zu machen. Ich aber sage: Es macht keinen Spaß, auf dem Sofa zu sitzen und sich Namen für die Nachkommenschaft auszusuchen. Jedenfalls nicht, wenn man es Abend für Abend betreibt, anstatt Sex zu haben oder auszugehen. Es ist Zeitverschwendung, und man sollte damit nicht früher als eine Woche vor der Geburt beginnen. Frau Feininger wird zwanzig Jungen und Mädchen für all die Namen brauchen, die sie im Laufe der Zeit favorisiert hat, und wenn ich denke, wir hätten uns nach kompliziertesten Ausschlussverfahren auf Christian und Hanna geeinigt und könnten wenigstens wieder in Ruhe *Tatort* schauen, dann fragt sie sich plötzlich, ob Kristian (»skandinavisch, weißt du«) und Anna nicht sogar noch besser wären. Ich weiß, dass ich mich auf sensiblem Terrain bewege, aber ich kann nicht mehr. »Jochen«, sage ich. »Jochen und Sabine.«

»Arschloch«, sagt Frau Feininger, und das war dann der *Tatort*.

Manchmal überlege ich, ob ich nicht doch schnell noch einmal durch die USA reisen muss. Nur so wird mein Roman die nötige Farbe bekommen, und es würde mich sicher inspirieren. Ich habe nicht viel geschrieben in den letzten Wochen, obwohl bis auf die Personen und den Plot alles steht, namentlich der Ort (USA). Ich habe die vage Idee von einer Roadstory, aber wenn ich schreibe, entgleitet mir die Geschichte, und ich begeistere mich plötzlich für ein ganz anderes Thema. Ich habe mindestens zehn Romananfänge. Das ist normal. Jeder Schreiber kennt diese Fluchtideen, die Vorstellung, dass eine andere Geschichte viel besser und triftiger sein könnte als diejenige, die er eigentlich schreiben wollte. Aber welche Geschichte wollte ich eigentlich schreiben? »Du musst das Ende deiner Geschichte kennen«, sagt Frau Feininger. »Ich bin Schriftsteller, nicht Straßenbahnfahrer«, sage ich frei nach Jean Genet.

Wenn ich mit Raimund telefoniere und ihm von meinem Roman erzähle, winkt er ab. »Mir würde es da an Ideen fehlen«, sagt er, und mehr fällt ihm zu diesem Thema nicht ein.

Mir fehlt es nicht an Ideen, mir fehlt es an Ideen, die sich zu einer Geschichte fügen. Außerdem bestehen Romane aus Worten und nicht aus Ideen. Wo habe ich das nur wieder gehört? Keine Ahnung. Ich habe mir einen Notizblock gekauft, in den ich alles notiere, was mir einfällt, Handlungselemente, Dialoge, Fetzen von irgendwas. Ich weiß nicht, ob ich je etwas damit anfangen werde, vielleicht sind meine Notizen nur Zwischenschritte. Manchmal schreibe ich ganze Passagen auf, aber sie stehen in keinem Zusammenhang mit anderen Passagen.

Einmal die Woche gehen Frau Feininger und ich in einen sogenannten Vorbereitungskurs. Man reicht dort Puppen herum, die so viel wiegen wie ein echtes Kind, und man wickelt sie. Man isst dort Erdnüsse, und die Kursleiterin liest mit einer Stimme, die Mut machen soll, ein Gedicht von einem Vater vor, das Mut machen soll. Dann geht man nach Hause und fragt sich, warum so viele Leute meinen, einem Mut machen zu müssen.

Später besuchen wir einen Geburtsvorbereitungskurs. Der Geburtsvorbeitungskurs ist ein anderer Kurs als der Vorbereitungskurs. Im Geburtsvorbereitungskurs sitzen die Frauen auf Gymnastikbällen, die Männer sitzen dahinter und legen ihren Frauen die Hände auf den Bauch, und dann atmen wir gemeinsam in den Schmerz hinein. Einmal legen sich die Männer auf die Matten und nehmen Gebärhaltung ein. Irgendjemand furzt.

Ich schreibe und verwerfe. Neunzig Prozent von dem, was ich schreibe, verschwindet. Ich bin ein Wortengelmacher, wer immer das nun wieder gesagt hat. Jeder weiß, dass Romane zehnmal geschrieben werden, aber niemand möchte dabei sein, wenn die Frustration einsetzt – jedenfalls nicht Frau Feininger. Mein Held wird quer durch die USA reisen. Er ist entschlossen, sein Leben abseits des Mainstreams zu leben. Er ist jünger als ich, trägt nur für sich selbst Verantwortung, und er kann sich für alles entscheiden, was er will (denkt er jedenfalls, der Pisser).

Frau Feininger wird ihre Arbeit nach der Geburt beiseitelegen und ein halbes Jahr zu Hause bleiben; Herbst ist damit einverstanden.

PAUL

Das Schreien der Frauen dringt aus den Kreißsälen bis auf den Gang, gedämpft zwar, aber nicht zu überhören. Frau Feininger und ich schauen uns an. Ihre Wehen kommen lehrbuchmäßig, ihr Muttermund steht die geforderten zwei Zentimeter offen – wir sind zur Geburt zugelassen. Die Hebamme zeigt uns unseren Saal, den wir schon kennen; wir haben die geburtshilfliche Abteilung (wie sich das anhört!) vor einigen Wochen besichtigt. Der Raum ist größer als unser Wohnzimmer; sie haben versucht, alles ein bisschen nett zu machen, mit Pastellfarben an den Wänden; das technische Gerät wartet in der Ecke und fällt kaum auf. Gymnastikbälle, Gebärhocker und Gebärstühle bevölkern den Raum. Frau Feininger nutzt sie nicht.

Manchmal schreitet sie nach Feiningerart umher, stolz schon vor der Geburt, dann legt sie sich wieder auf das große rosafarbene, abgerundete, verstellbare Entbindungsbett. In Frau Feiningers Tasche liegen einige CDs, ihr Brahms, ihr Bach, ihr Schostakowitsch. »Willst du Musik hören?«, frage ich, aber sie will nicht. Einmal kommen länger keine Wehen, und sie überlegt, wieder nach Hause zu fahren. »Nee«, sage ich.

Sie bringt Paul in Rückenlage auf die Welt; ich drücke von unten gegen ihr Becken, um sie zu unterstützen. »Ist ein hübscher Junge«, sagt die Hebamme. Ich wette, dass sie das zu allen sagt. Aber es stimmt, Paul ist ein hübscher Junge, trotz des Schleims, trotz der Falten, trotz der Röte in seinem Gesicht. Ich heule los. Ich versichere: Das eigene Kind neugeboren im Arm zu halten ist das Erschütterndste und Bewegendste, was einer auf legalem Weg erleben kann.

Herbst kommt gleich am nächsten Tag, mit einem Sommerstrauß in dezenter Größe und einer Schostakowitsch-CD. Er bewundert Paul, gratuliert, umarmt und küsst Frau Feininger, schüttelt mir die Hand (»Auch dir alles Gute, Viktor, nicht wahr?«) und ist rundherum so aufgeräumt, wie es nur einer sein kann, der seinen Cordarsch gleich wieder aus dem Krankenhaus schaffen wird, um auf eine Matinee zu gehen. – »Hab's denen versprochen, ihr wisst ja, wie das ist«, sagt er, aber er schaut nur Frau Feininger an.

Zu Hause schläft Paul in einem Stubenwagen, der neben unserem Bett steht. Manchmal schreit er nachts laut und ausdauernd, und wir verbringen viel Zeit damit, uns zu fragen, ob er zu wenig oder zu viel getrunken hat. Frau Feiningers Gesicht sieht anders aus seit der Geburt, weiblicher noch, erwachsener, entrückt und manchmal müde. Wenn ich durch die Stadt laufe, sehe ich einer Frau jetzt an, ob sie Mutter ist, ohne dass sie dafür ein Kind an der Hand halten muss.

Wir haben uns eine Bauchtrage für Paul gekauft. »Babys sind Traglinge«, sagt Frau Feininger. Tragling – was für ein ekelhaftes Wort. Mein Sohn ist kein Tragling. Mein Sohn ist Paul. Ich möchte wissen, welcher Arschling von einem Gehling sich Wörter wie Tragling ausdenkt. Es gibt viele schlimme Bezeichnungen für kleine Kinder. Es weckt schon meinen Widerwillen, wenn Erwachsene *Baby* sagen. Ich denke dann an die Kinder auf Windelpackungen, die alle aussehen wie Specklarven.

Frau Feininger versteht nicht, was ich gegen *Tragling* und *Baby* habe, oder jedenfalls hält es sie nicht davon ab, weiter *Baby* und *Tragling* zu sagen, und sie rät mir, es mir in meinen »Idiosynkrasien nicht allzu bequem« einzurichten. So etwas kommt ihr ganz leicht über die Lippen. Der schlimmste Ausdruck von allen ist aber Frühchen, ein Wort wie quietschendes Styropor. Vor kurzem hat Frau Feininger mit Hanna telefoniert. Die Soundso hat ja jetzt auch ihr Kind, hat sie gesagt. »Ist ein Frühchen.« Ich habe mir Paul genommen und bin mit ihm durch die Stadt gegangen. Die Stadt wimmelt plötzlich von Kindern und Kinderwagen und Kinderkrippen und Kindergärten. Niemand weiß, wo sie früher waren, aber mit einem Mal sind sie da – irgendjemand hat die Tarnkappe gehoben.

Sollte es stimmen, dass Speikinder gedeihen, dann wird Paul ein Prachtkerl. Wenn ich ihn gefüttert habe, trage ich ihn durch die Wohnung, und er reihert mir über den Rücken. Einmal, zweimal, dreimal. Ich schreibe nicht mehr. Es erscheint mir idiotisch, einen Roman schreiben zu wollen. Als Vater habe ich kein Recht dazu. Wie könnte ich jahrelang an etwas arbeiten, für das mit einer Wahrscheinlichkeit von eins zu tausend niemand etwas zahlen wird? Ich weiß nicht, woher dieser Zwang rührt, etwas Besonderes aus meinem Leben zu machen. Mein Sohn mag es, mir über den Rücken zu kotzen, das ist doch besonders genug.

Dass es mit dem Roman nichts wird, dafür kann Paul nichts. Eine Weile habe ich es versucht. Eine Weile habe ich mich über Kulturfunk weitergebildet. Eine Weile lang habe ich geschrieben und keine zehn brauchbaren Seiten zustandegebracht. Das muss reichen. Besser, ich beende den Ausflug, solange kein allzu großer Schaden entstanden ist. Ich werde das Studium wieder aufnehmen. Latein und Englisch. Es wird ein bisschen dauern, bis ich wieder reinkomme, aber es wird schon gehen. Frau Feininger arbeitet auch schon wieder. Ich bin zu Hause bei Paul. Frau Feininger hat

ihm einen Schlafsack auf dem Boden ausgebreitet, der aussieht wie einer von denen, die ich Herbst angedreht habe.

»Hat Herbst eigentlich eine Freundin?«

»Glaube nicht«, sagt sie.

TOTENICH

Frau Doktor Casbah Feininger will ins Grüne ziehen, wegen Paul. Ich will nicht ins Grüne, wegen mir. Aber Herbst hat Frau Feininger darauf aufmerksam gemacht, dass in seiner Nachbarschaft draußen in Totenich »etwas frei« wird, ein freistehendes Haus mit großem Garten. Der Besitzer ist ein pleite gegangener Selbstständiger, der verkaufen muss. Günstig verkaufen. Frau Feiningers Eltern wären bereit, uns zu unterstützen. Am Telefon spricht sie mit ihnen über monströse Summen, über Sachverständige, die das Haus begutachten müssen (»Herbst kennt einen guten«), über Heizanlagen, Dachziegel, Doppelglasfenster, über Energiesparverordnungen, Küchen und Wasseranschlüsse. Sie sagt, ich solle mich auch dafür interessieren. »Heizanlagen sind mir fremd«, sage ich.

»Mir auch«, sagt sie, »aber Paul ist jetzt fünf. Wenn er mal zwölf ist, braucht er keinen Garten mehr.« Was wieder einmal völlig richtig ist und wieder einmal völlig an der Sache vorbeigeht: Erstens brauchen Kinder keinen Garten. Zweitens geht es bei diesem Haus nicht um Paul, sondern ums Renommee. Und drittens will ich weder jetzt noch später ins Grüne, weswegen sich mir die Frage, wann Kinder einen Garten brauchen, nicht stellt. Ich kenne das Grüne. Ich komme aus dem Grünen. Es gibt im Grünen keine Kinos, keine Kneipen und keine Konzerte. Oder nur ein Kino und eine Kneipe. Und zwei Feuerwehrkonzerte im Jahr. Nicht, dass ich besonders oft ausginge zur Zeit, dazu schlaucht mich der Job viel zu sehr. Ich suche auch meistens dieselben Kinos und Kneipen auf. Aber ich will das Gefühl haben, dass ich eine Auswahl hätte, wenn ich sie bräuchte. »Von Totenich bist du in einer halben Stunde in der Stadt«, sagt Frau Feininger. Ich habe gewusst, dass sie das sagen würde. Sie sagt immer das, wovon ich denke, dass sie es sagen wird.

Meine Schule liegt auf dem Land, ich komme nur mit dem Auto hin. Auto fahren ist der Idealzustand: Ich bilde mir ein, dass ich mich bewege, obwohl ich bewegt werde; ich muss niemandem etwas beantworten und kann Musik hören. Bin ich ein guter Lehrer? Ich weiß es nicht. Aber ich bin ein professioneller Lehrer. Ich weiß mit meinen Emotionen hauszuhalten, und nicht viel von dem, was Schüler tun und lassen, beschäftigt mich abends. Wahrscheinlich bin ich kein guter Lehrer. Eine neue Referendarin ist an der Schule, Annika, ein feingliedrige, spanisch aussehende Frau. Ich habe überlegt, ob ich sie zu einem unserer Grillabende einladen soll. Frau Feininger veranstaltet Grillabende. Sie sind gerade in Mode an ihrem Institut, und ab und zu sind wir dran. Es sind Meta-Grillabende mit Fadomusik, Biofleisch (wenn überhaupt Fleisch) und Gemüsesorten. Kinder verbreiten ein bisschen Woodstock- Atmosphäre in unserem Garten. Wenn es später wird, erzählt Herbst die Geschichte, wie er als »junger Doktorand« seinem Doktorvater ein falsches Zitat untergejubelt hat, ohne dass der es gemerkt hätte. Wahrscheinlich hat Herbsts Doktorvater das einzig Vernünftige getan und nie ein Wort von dem gelesen, was Herbst geschrieben hat. Frau Feininger findet nach wie vor, dass Herbst brillant ist. »Der Mann ist brillant«, sagt sie. Beim Grillen trinken sie Weltrettungsbier-Bier aus der Flasche, was sie beide amüsant finden, auch wenn es ein bisschen hilflos aussieht, wie sie ihre Flaschen halten. Bierflaschen sind nun mal keine Sektgläser.

Warum will ich Annika nicht zum Grillen einladen? Habe ich mich in sie verliebt? Und wenn ja, was soll das heißen? Dass ich mein Leben mit ihr verbringen will? Oder nur, dass ich dazu bereit wäre, das Risiko einer Abfuhr einzugehen? Verlieben hört sich idiotisch an. Ab fünfundzwanzig verliebt sich niemand mehr. Ab fünfundzwanzig werden Vor- und Nachteile abgewogen. Ich behaupte, es gibt für jeden auf der Welt mindestens tausend andere, mit denen ein Leben auf erfreuliche Weise möglich ist. Oder sagen wir hundert. Oder sagen wir: fünf Jahre lang. Wenn ich mit Annika Unterrichtsentwürfe durchgehe, sitzen wir näher beieinander als Männer und Frauen im mitteleuropäischen Schnitt. Es gibt Leute, die keinen Sinn für Schutzzonen haben, ich kenne das aus meiner Zeit im Outdoor-Laden. Manche kommen einem sehr nah, aber wenn Annika mit Kollegen spricht, wahrt sie den richtigen Abstand.

DAS ERSTE MAL

Zuerst ziehe ich mir die Socken aus. Es gibt keinen lächerlicheren Augenblick als den, wenn man sich die Socken auszieht. Am besten, man streift sie gleich ab, vor allem anderen, in einem unbeobachteten Augenblick. Oder trägt einfach keine Socken. Es ist Sommer, warum trage ich Socken? Weil ich Lehrer bin und von der Schule komme. Bin ich nervös? Ja. Wenn man sich fragt, ob man nervös ist, dann ist man es. Am Anfang denke ich, es ist, weil ich keine Übung im Fremdgehen habe. Aber das ist es nicht, weswegen ich nervös bin. Ich bin nervös, weil ich mich vor einer fremden Frau ausziehe, einer sehr grazilen Frau, die gerade ihr Trägerkleid zu Boden hat fallen lassen. Sie trägt nichts und sieht mir mit ihren großen Augen beim Ausziehen zu, sehr ernst, nur ihr Mund scheint zu lächeln. Ihr Haar trägt sie auf einer Seite etwas länger als auf der anderen, sie hat einen Seitenscheitel. Ihre Brüste sind klein und fest und spitz. Sie streift mit dem Finger über meinen Hals und lässt ihn tiefer wandern. Er ist die einzige Verbindung zwischen uns, er und unsere Wärme. Zum ersten Mal seit Jahren werde ich mit einer anderen Frau als Frau Feininger schlafen, in diesem großen Zimmer, in dem es kühl ist, obwohl draußen die Hitze drückt, in diesem Zimmer, in das nur wenig Licht dringt, in diesem Zimmer mit dem großen Bett und den vielen Dingen, die überall auf dem Teppich verstreut liegen; eine Gitarre, CDs, ein Aschenbecher, Bücher. Dies hier ist keine Rache für Frau Feiningers Herbst-Affäre. Ich weiß nicht einmal, ob sie es noch mit ihm treibt. Es hat auch nichts mit entgangenem Leben zu tun. Aber Annika ist schön, und sie duftet nach der Sonne und nach dem Sex, den sie mit mir haben will. Sie legt ihre Arme um meinen Hals, ich packe sie am Hintern, und während ich sie zum Bett trage, reibt sie sich an mir.

WAS FRAU FEININGER FINDET, UND WAS ICH FINDE

Frau Feininger findet, »ein erwachsener Mann« solle keine T-Shirts mit obszönen Aufschriften tragen. Sie findet es albern, wenn erwachsene Männer »immer noch« Motörhead oder Ramones hören. Dabei ist es nicht »immer noch«, sondern »wieder«. Beziehungsweise, findet Frau Feininger, »wenn es schon unbedingt sein muss«, dann sollten sie vorher den Sohn in die Trompetenstunde gefahren/das Aupair-Mädchen gebrieft/die Hausaufgaben mit dem Sohn gemacht/den Elternabend im Kalender vermerkt haben.

»Und ich finde, du solltest endlich anfangen, T-Shirts mit obszönen Aufschriften zu tragen, Motörhead und Ramones zu hören und hin und wieder mal nicht an Pauls Hausaufgaben zu denken«, sage ich.

»Warum sollte ich das tun?«, fragt sie und liest weiter in irgendeiner Soziologie. Das sind die Momente, in denen ich an Annika denken muss. Sie ist nach Hamburg gezogen, um eine Stelle anzutreten. Ich wollte mit. »Was willst du denn in Hamburg?«, hat sie gefragt. Und ich habe es nicht gewusst. Danach habe ich mich für einen Gitarrenkurs angemeldet. Mein Lehrer verdreht die Augen, wenn er meint, dass ich nicht hinsehe. Ich merke so etwas. Ich bin schließlich selbst Lehrer. »Du weißt nicht, warum du das tun solltest? Weil es dir guttun würde.

»Ich habe nicht den Eindruck, dass es dir guttut. Ich habe den Eindruck, dass du mit aller Gewalt versuchst zu überdecken, dass du ein Sicherheitsmensch bist. Schau dich doch an. Du bist Lehrer.«

»Ich bin Lehrer, weil du es verdammt noch mal wolltest!«
Das sei das Albernste, was sie je gehört habe.

Aus Spiel wurde Ernst, Ernst ist jetzt elf Jahre alt. Nein, aber Paul ist jetzt elf. Sein Geburtstag fiel auf einen Mittwoch, deswegen haben wir ihn am Wochenende nachgefeiert, im Freibad, mit seinen Freunden. Frau Feininger wäre ein Geburtstag im Museum lieber gewesen, aber ich weiß, dass es Paul im Freibad besser gefällt (Eintritt, Pommes und Getränke zusammen zweiundachtzig Euro). Für die größte Aufregung habe ich selbst gesorgt, indem ich auf dem Weg zum Bad irgendeinen Greifvogel überfahren habe, einen Falken vielleicht oder einen Bussard, der sich Aas von der Straße holen wollte. Paul und seine Jungs blieben still. Einen Moment lang habe ich überlegt, ob ich darüber sprechen soll, was passiert ist, mich dann aber einen Pädagogen geschimpft. Was hätte ich sagen sollen? Dass ich nicht auf regelmäßiger Basis Tiere überfahre? Dass die Evolution der Zivilisation nicht gewachsen ist? Wie soll bei solchen Themen Freibadlaune aufkommen, vor allem bei mir?

Ich mag Freibäder nicht (mir liegt nichts an der öligen Atmosphäre), und ich gebe zu, dass ich die meiste Zeit an die Korrekturen von meinen Zwölfern dachte, die auf meinem Schreibtisch lagen. Obwohl ich Paul jetzt nur noch an den Wochenenden sehe. Und obwohl er Geburtstag hatte. Frau Feininger war unruhig, weil sie ihren Vortrag für ein Symposium in Athen noch nicht fertig hatte (sie hasst es, wenn ich das »o« in Symposium lang ziehe, und ich hasse es, wenn sie Symposium richtig ausspricht).

Eines steht fest: Sollte es ein nächstes Leben geben, dann studiere ich darin Mathematik und Sport, da gibt es nur falsch und richtig und übergetreten oder nicht. Es erscheint mir ungerecht, dass ich dasselbe verdiene wie meine Kollegen, obwohl sie weniger Zeit mit Korrigieren zubringen als ich, und ich behaupte: auch mit Unterrichtsvorbereitung. Dass Lehrer in unserer Gesellschaft immer noch als Faulenzer mit einer permanenten Neigung zum Mittagsschlaf betrachtet werden, darunter leide ich. Ich behaupte, dass ich mehr arbeite als so mancher der Herren Ingenieure, die sich gelegentlich in die Elternabende oder in meine Sprechstunden verirren, aber ich nehme weniger Geld mit nach Hause, von übertariflichen Zulagen, von Jahreswagen und anderen geldwerten Vorteilen mal ganz zu schweigen. Aber man will ja nicht klagen.

Paul ist nicht schlecht in der Schule, trotz ADS, und er spielt gut Trompete. Manchmal würde ich mir wünschen, dass er mehr Ehrgeiz und Ordnungssinn hätte, aber im Großen und Ganzen ist er ein wunderbarer Junge. Ich hoffe, er wird die Trennung einigermaßen wegstecken.

»Warte mal. Ich habe noch etwas gefunden«, sagt Frau Feininger, als wir uns nach dem Geburtstag verabschieden. Ich warte vor der Haustür. Kurz darauf kommt sie mir mit einem an den Ecken zerknickten Blatt entgegen. Ich lese:

MANIFEST

1.) Nebenan darf niemand wohnen, der ständig sein
Auto wäscht und Dinge für wichtig hält, die unwichtig
sind.

2.) Man soll in Ruhe Tabak, Alkohol und Marihuana
konsumieren können und stets bereit sein, sie zu teilen.

3.) Man soll lange schlafen können, wenn man will,
aber auch ausprobieren, wie es ist, wenn die Sonne aufgeht.

4.) Man soll jemanden kennen, der ein Auto besitzt und
es fahren kann, und an einem Ort leben, an dem man

ungestört lesen und Musik in jeder Lautstärke hören kann.

5.) Man soll stets Kleidung und eine Frisur tragen, die einem angenehm ist. Man soll sich nie verpflichtet fühlen, jemanden zu mögen. Niemand als man selbst darf bestimmen, wie der neue Tag auszusehen hat.

6.) Es muss einen Ozean vor der Haustür geben.

Ist das nicht zum Lachen?

Dank an Joachim Jessen und Alexander Krapp. Spezialdank an Thomas Gsella und Stephan Kleiner. Besonderen Spezialdank an Stefan Gärtner, ohne dessen Ermutigung, Rat und Anregungen *All exclusive* niemals etwas geworden wäre. Und ganz besonderen Spezialdank an meine Frau Monika Nething: für alles.